위저드 베이커리

위저드 베이커리

구병모 장편소설

창비

차 례

프롤로그

*

중불에 달구어진 설탕 냄새가 난다.

그와 함께 다른 모든 것들이 감각의 뒤편에서 들고일어난다. 방금 막 치대어 풍부한 글루텐을 함유한 중력분 밀가루 반죽의 탄력과, 프라이팬 위에 원을 그리며 녹는 노란 버터에서 일어나는 거품과, 커피에 얹은 부드럽고 촉촉한 생크림이 그려 내는 물결무늬. 나는 그 가게 앞에 설 때마다 발효된 이스트의 활발한 움직임을 인식할 수 있었고, 그날의 타르트 위에 얹을 무화과잼 또는 살구잼의 풍미를 섬세하게 식별할 수 있었다.

빵은 지긋지긋해.

아파트 단지에서 100미터쯤 내려오면 마을버스 정류장 근처에 24시간 영업하는 제과점이 있다. 얇게 썬 햄을 돌돌 말아 넣은 크루아상이나 담백하다 못해 퍽퍽한 식감의 베이글 같은 걸 새벽 한두 시에 먹고 싶어 하는 사람이 과연 있을까 싶지만, 굳세게 24시간 불을 밝혀 놓고 언제라도 손님을 맞이할 준비가 되어 있는 곳.

쇼윈도 너머에 나와 나이가 비슷하거나 조금 어린 여자애가 있다. 낮 동안 계산대를 지키는 애다. 가게 안으로 들어가면 계산대 너머로 제빵실의 일부가 보인다. 거기서 이십 대 후반이나 삼십 대 초반쯤 돼 보이는 남자가 달콤하고 고소한 냄새를 풍기면서 빵을 굽는다. 밤에는 여자애가 보이지 않고 그 제빵사가 계산대와 제빵실을 오가며 손님을 맞는 모양이다. 프랜차이즈 아닌 작은 동네 빵집들이 대체로 그렇듯 제빵사가 곧 점장인 듯했다.

그곳은 동네 빵집치고는 빵을 무척 많이 만드는 편이었다. 가게 앞을 지날 때마다 밀가루가 공기 속에 감돌다 코끝을 간질이고, 설탕 입자가 혀끝에 녹아들었다. 택배 용달차는 하루에 한 번 들러 적지 않은 수의 박스를 장물처럼 싣고 떠났다.

밤샘 영업이나 가게 규모에 비해 터무니없는 대량 생산만이 이 제과점의 특징은 아니다. 문제는 점장이 상태가 좀 안 좋아 보인다는 것이다. 그게 나만의 생각인지, 다른 손님들도 느끼고 있을지는 모른다. 그러나 부정적인 평판이나 소문에는 대개 부스터가 달리게 마련이라, 객관적으로 보기에도 그랬다면 진작 간판 떼고 장사 접었겠지 싶고.

입만 열지 않으면 그냥 보통의 장인같이 보인다. 자기 할 일 묵묵히 하는 사람. 지성적인 전문가 포스도 있고. 좀 우스꽝스러운 종이 모자와 그 아래로 어깨에 살짝 드리워진 꽁지 머리. 곱게 체를 친 베이킹파우더 색 얼굴과 빈틈없고 우아하며 집약적인 몸짓. 프랜차이즈 체인점을 굳이 얻지 않더라도 입소문만으로 먹고살 만한 제빵사.

나도 그때까지는 그런 사람이라고만 생각했다. 그때까지는. 어느 날, 곰보빵과 조금 닮긴 했으나 여러모로 수상쩍게 생긴 빵을 집게로 가리키며 이 속에 뭐가 들었느냐고 묻기 전까지는.

계산대 여자애가 막 입을 열었다.

"손님, 그 빵은 귀리랑 호밀에다가……."

그때 다른 목소리가 끼어들었다.

"간. 말린 거."

고개를 들어 보니 여자애의 어깨 너머로 제빵실 문 옆에서 있는 점장이 보였다.

"갓난아기의 간을 말려서 빻은 가루. 밀가루와 3 대 7 정도 비율로 섞었다."

집게가 손가락에서 미끄러졌다. 카당, 하고 바닥 긁는 금속성이 났다. 정말로 빵 속에 생간이든 말린 간이든 들어 있을 거라고 생각지는 않았다. 설령 들어 있대도 갓난아기가 아니라 소나 돼지 간이겠지.(그 맛에 대해서는 상상하지 않기로 하자.) 그러나 농담치고도 정도가 지나친 악담이다. 자기 딴에 농담이 아니라고 한다면, 또한 오는 손님한테마다 이런 식으로 말한다면, 정신 나간 남자가 동네에서 빵 가게를 하고 있다는 소문이 돌 테고.

계산대 여자애는 그의 배를 손등으로 툭 치며 장난치지 마시라고 핀잔을 주었다.

그럴 줄 알았다. 누굴 바보 취급하고. 나는 한숨 쉬고 허리 굽혀 집게를 줍다가 그 옆 진열대에 있는 웨이퍼를 돌아보았다. 내 시선의 방향을 보고 점장은 말했다.

"비스킷 사이에 티티새의 똥을 얇게 펴 바른 거다. 겉에 바른 시럽은 까마귀의 눈알을 우려 만든 건데 단맛과 쓴맛, 신맛이 에티오피아산 커피처럼 적절한 조화를 이루는……."

"아이참, 장사할 마음 있어요?"

여자애가 다시 그의 옆구리를 찔렀다. 저자는 왜 나에게 이런 재미도 없는 장난을 거는 걸까? 어디까지 하나 보자 싶어 이번에는 젤리처럼 보이는 것을 가리켰다.

"고양이 혓바닥 3종 세트야. 페르시안, 샴, 아비시니안."

나는 집게를 계산대 위에 탕 소리 나게 올려놓았다. 여자애가 집게를 세척하러 안쪽으로 모습을 감추고, 점장은 모자를 다시 쓰며 웃었다.

"장난 아니야. 어린이라면 이해해 줄 줄 알고 솔직히 말한 건데."

여기 어린이가 어딨냐고. 그리고 요즘 어린이는 산타가 부모님이나 복지사, 공익요원 내지 알바생의 코스프레라는 사실도 비교적 일찍 알게 될 거다.

가게 안을 둘러보았다. 분홍과 노랑 교직으로 연속적인 네모무늬를 이룬 벽지는 따뜻해 보였다. 그 벽에는 매년 어디 은행이나 교회에서 나눠 줄 법한 투박한 디자인의 달력. 빵들이 질서 정연하게 놓인 진열대의 유리문은 손자국 하나 없이 투명하게 잘 닦였고, 문손잡이 고리는 가게 조명을 받아 금빛으로 빛났다. 아무튼 전체적으로 그리 세련된 인테리어는 아니었고, 삼대가 이어 하면서 동네 터줏대감으로 자리 잡은 한약방 느낌이었다. 그러나 벽에 금이 가서 갈라졌다거나, 그 틈으로 시원(始原)을 알 수 없는 물이 흐르며 악취와 함께 음산한 분위기를 풍긴다거나 하지는 않았다. 위생 상태는 나쁘지 않은 편. 그저 깔끔하고 소박한 동네 빵집일 뿐이었다. 점장의 인상착의나 이목구비도 괴기스럽지 않았다.

이 집엔 평범한 사람이 먹을 만한 게 없는지 추천 좀 해 달라고 더듬더듬 말하면서, 나는 소시지나 치즈 등 아무 부재료도 들어 있지 않은 모닝 롤 봉지를 들어 계산대에 올려놓았다. 설마 여기에 밀가루와 달걀, 우유를 비롯한 최소한의 재료 외에 무엇이 더 들어 있을까 하고. 신경 쓰지 않는 척했지만 진실 여부와 관계없이 그런 몰상식한 재료 이름을 듣고 태연하기가 쉽지 않았다. 그런데 점장은 제빵실에서 나오던 여자애와 엇갈려 들어가면서 묻지도 않은 대답을 했다.

"그 모닝 롤은 밀가루 대신 라푼첼의 머리에서 떨어진 비듬을 모아서……."

여자애가 뭐라고 말하기도 전에 나는 더 듣고 싶지 않다는 뜻으로 손사래를 친 다음, 동전으로 이천오백 원을 세어 계산대에 올려놓았다. 이로써 또라이 확정.

문을 열고 나왔다. 순간 이 보잘것없는 동네 빵집을 둘러싼 곳이 음울한 숲으로 느껴졌다. 그 숲에는 한 마법사가 살면서 매일같이 다른 재료로 과자를 만들어 내어, 바람 한 점 불 때마다 나뭇잎들이 서로의 살을 비비며 숲속의 냄새를 밖으로 밖으로 내보내곤 했답니다……와 같은 말로 시작될 법한 민담 속에 나오는 숲.

집에 돌아가면 당장 이 사실을 얘기하고, 마을버스 정류장에서 세 번째 건물 1층에 있는 제과점의 이상한 남자를 신고하든지 뭔가 조치를 취해야 하지 않겠느냐고 물어봐야……

……대체 누구에게 물어본다는 거지?

이대로 돌아가 집 현관문을 연다는 건, 그곳에 내 얘기를 들어 줄 사람이 아무도 없음을 확인하는 일이었다. 그렇기에 지금 이 난감한 가게에서 빵을 사 가지고 나온 거잖아. 빵 한 입에 우유 한 모금 물고서, 건조하지도 눅눅하지도 않은 오늘분의 감정을 꼭꼭 씹어, 마음속 깊숙이 담아 둔 밀폐 용기에 가두기 위해.

**

남 애기는 그만. 실은 나부터가 타인의 정신 상태를 감정할 만한 주제가 못 되면서. 세상 사람들 눈에는 작게나마 장사거리라도 가진 사람보다는, 나야말로 문제 있는 녀석으로 보일 터였다.

말을 더듬기 시작한 것은 4년 전부터다. 책을 소리 내어 읽을 때는 조금도 망설이는 법이 없고 발음도 새지 않는다. 오랜 시간 공들여 머릿속 생각을 종이에 적어 넣은 뒤 그것을 보면서 말할 때도 별다른 불편이 없다. 그 대신 눈앞에 글이 없으면 예, 아니요 수준의 간단한 대답도 명쾌하게 하지 못한다.

몸속 어느 통로가 고장 나거나 감염된 걸까? 머릿속의 생각이 입이라는 기관을 통해 시원하게 나오려면 반드시 글자라는 여과기를 거쳐야 하니. 내게 있어 글자는 무기력에 빠져 게으르게 허우적대는 시냅스를 자극하는 신경 전달물질이었다. 그게 없이는 내 생각도 내 것이 아니었다. 생각이라는 이름을 붙이기에도 민망한 무엇, 출력해 봤자 이면지 낭비밖에 안 되는 오류 메시지. 잇새로 움푹 잘려 나가고 군데군데 송송 구멍이 난 불완전한 말마디들.

입만 열면 사기부터 치고 보는 정치가라든지, 고도의 연설 훈련을 거친 사람이 아니면 생각을 정리할 틈 없이 곧바로 조리 있게 얘기하기는 당연히 쉽지 않다고, 누군가는 그렇게 말할 수도 있지만, 내 경우는 힘든 정도가 아니라 아예 불가능하다. 아무리 나는 얘기하려 애쓰고 상대방은 언제까지나 끈기 있게 기다려 주어도, 기다림 끝에 나오는 결과물이라곤 자음과 모음의 무의미하고 반복적이며 간헐적인 나열이었다.

증상이 시작된 때는 초등학교를 졸업할 무렵. 처음에는 할 말이 있는데 왜 나오지 않는지 몰랐고, 똑바로 말 안 할래! 같은 아버지의 윽박에 더욱 불안 초조해져서, 내 입에 혹은 머리에 무슨 일이 왜 일어났는지 찬찬히 고민하거나 문제를 해결할 여유가 없었다. 그보다는 이것이 개인 의지로 해결이 안 되는 신체적인 문제라는 인식도 부족하던 시절이었다. 다들 그냥 좀 모자란 애 취급을 하거나 장난으로 여겼다. 하여 중학교에 입학한 뒤 얼마 지나지 않았을 때,

"닥치고 다 관두고 예, 아니요로만 대답해라."

담임이 최소한의 선택지를 주었음에도 '예.' 했다가 '아니, 요.' 했다가 다시 '예.' 했다가를 아홉 번쯤 반복한 끝에 결국 귀싸대기가 올라왔다.

"이놈 새끼가 예라는 거야, 아니라는 거야?"

그리고 몇 차례의 발길질과 싸다듬이. 나는 본능적으로 몸을 웅크려 상해 면적을 최소한으로 줄이려 했다. 휴대 전화로 구타 동영상을 촬영할 아이들조차 없는, 단 열두 명의 교사만이 사용하는 제3교무실이었다. 그때 예, 아니요를 요구했던 담임의 질문이 무엇이었는지 지금은 기억나지 않는다.

그해가 끝날 무렵 연례행사 수준의 진로 예비 상담 문제로 다시 불려 갔을 때, 나는 한 대라도 덜 맞으려고 종이와 연필을 준비해 갔다. 담임은 신중하고 논리 정연한, 그보다도 우선 성실하기 이를 데 없는 내 대답을 다 읽은 뒤 말했다. 그전에 오해해서 미안했는데 진로를 고민하기에 앞서 병원에 좀 가 봤으면 좋겠다고.

"그래 가지고 사회 나가선 어쩌려고 그래. 취직 못 하는 건 나중 문제고 대학도 못 가. 면접시험 보면서 그렇게 덜된 중 염불 외듯이 중얼거리고 붙을 수 있을 것 같아? 다 큰 놈이 언제까지 지난 일에 붙들려 있을 거야?"

나는 고개만 끄덕였을 뿐 마음속으로는 당신도 참 단순하고 시시한 사람이라고 콧방귀를 뀌었다. 학부모 상담 시간에 순전히 의무감으로 찾아온 아버지한테 이것저것 주워들은 거겠지.

'제 자식이지만 제가 거의 돌봐 주지 못한 죄도 있을뿐더러, 이 불쌍한 아이는 여섯 살 때 제 친엄마가 한번 청량리역에 버린 적이 있답니다. 일주일 뒤 발견했을 때 이 아이의 꼴이……. 애 엄마가 그렇게 되고 저는 저대로 정신없으니 집에 할머니에게도 부담이 되어…… 남들보다 학교를 1년 먼저 보내게 됐습니다. 하지만 지금은 새로 어머니가 생겨서 많이 안정되었으니 조금만 더 지켜봐 주시면—.'

담임이 조금만 더 신중하게 생각했다면, 문제의 유기(遺棄) 경험과 말을 더듬기 시작한 시기 사이의 시간적 격차에 의구심을 품고 그 둘 사이의 상관관계가 영에 가깝다는 사실을 알았을 텐데.

그 뒤로 중학교를 졸업할 때까지, 필수 채점 과제가 아니고서는 어느 과목 교사도 내게 발표를 시키지 않았다. 답이 숫자 하나로 떨어지는 수학 시간까지도. 가학 취미가 있거나 그날따라 수업하기 싫은 극히 일부의 교사를 제외하고는, 진도 뽑는 데 방해가 되는 학생을 굳이 일으켜 발표를 시키고 싶어 하지 않았다.

말을 잘 못한다고 시비를 거는 놈들도 몇 명 나타났다. 고만고만한 체구에 싸움도 해 보지 않은 나는 예전에 만화 호신술 백과에서 본 기술을 그날 처음 써 봤다. 맞을 때 허리를 최대한 깊이 숙이고 있으면 상대의 팔도 점점 따라 내려오는 법인데(너무 바닥에 붙어 버리면 발길질로 바뀌니까 요주의), 그때 팔을 딱 붙잡고 매달렸다가 그 상태에서 몸을 갑자기 위로 솟구어 팔 관절을 뽑아 버린 거였다.(이때 상대가 비명을 지르는 2~3초 사이에 튀어야지, 그러지 않으면 당장 붙잡혀 내 관절도 무사하진 못할 거다.)

아버지가 깽값을 물어 주고 일주일 뒤 정학이 풀려 학교에 나가 보니, 원래 당사자가 없는 공간에서는 사실이 부풀려지곤 하여 애들이 나를 슬금슬금 피하는 광경과 맞닥뜨렸다. 그 뒤론 말을 못한다는 이유로 학교생활이 크게 고통스러울 건 없게 됐다. 중학교 때의 시행착오를 바탕으로 고등학교에 가서는 처음부터 대놓고 나 말 못해요,라고 공공연히 표방했을 정도.

제과점 남자와 나의 공통점은 입만 다물고 있으면 아무도 눈치채지 못한다는 거였다. 우리 둘 다 몸속 어딘가 나사가 하나씩 풀려 있다는 걸. 그런 이유 때문에 나는 그에게 호기심 내지는 동질감이 생겼다.

* * *

그들이 쫓아온다.

몇 개의 작은 소용돌이무늬로 요철이 난 운동화 바닥이 빠르고 거칠게 땅과 마찰한다. 생고무 타는 냄새가 뺨을 할퀴며 어깨 너머로 날아간다. 고무바닥에 집요하게 매달려 쫓아오던 비명과 절규와 분노가 바람과 함께 떨어져 나간다.

달리면서 생각한다. 갈 데가 없어. 피시방 같은 데서 밤이라도 보내야 할 텐데, 너무 갑작스럽게 터진 일이어서 백 원짜리 동전 하나도 못 들고 나왔다. 말할 일이 없으니 쓸 일도 거의 없는 휴대 전화는 책상 옆 가방 속에 둔 채로다. 그게 있었다 한들 사정이 달랐을까. 친구라고 부를 만한 누군가가 있기를 해, 나의 더듬거리는 말마디의 행간 속에서 아무것도 묻지 않고 두 팔 벌려 줄 누군가가 있기를 하냐고. 마지막으로 소식을 들은 지 6년쯤 되는 이모와 외할머니는 이제 연락처는 관두고 생사도 모른다. 나는 언제까지, 어디까지 달릴 수 있을까. 그런 공간적 한계를 깨달았을 때 떠오른 곳이 여기였다.

숨을 몰아쉰다. 쇼윈도에 찍힌 불특정 다수의 손자국 너머로 그가 보인다.

피치 못하게 또는 어쩌다 보니 그 가게의 단골이 되기는 했는데, 나는 말만 더듬지 않는다면 꼭 좀 물어보고 싶었더랬다.

무슨 빵집이, 이런 길에서 한밤중에 빵 먹는 사람이 어디 있다고 24시간 영업을 해요?

늘 무언가를 하고 있는 것으로 보이기는 하지만 그래도 그사이에, 지금 이 시간과 다음 시간 사이에 문득 솟아나는 감각이 아주 없지는 않을 텐데. 혼자서 내내 가게에 있으면 외롭지 않을까? 그보다 대체 당신은 언제 잠이 들지요?

그러나 그 24시간 영업 방침 덕분에 지금 나는 이렇게 문밖에 서 있다. 도망갈 곳이 있다.

문을 민다.

갓 구운 빵들의 열기로 가게 안이 후끈거린다. 그가 수정과색 눈으로 나를 바라본다. 모자를 쓰지 않았다. 흰 가운 아닌 평상복 차림이다. 오늘 영업은 끝? 나는 다급하고 간절한 나머지 더듬지도 않고 순식간에 말했다.

"나 좀 숨겨 줘."

내가 최대한 멀리 도망가는 대신 아파트 단지에서 몇백 미터도 떨어지지 않은 빵집으로 뛰어들어 왔으리라고는, 그들 중 아무도 생각 못 할 거야.

그는 전후 맥락 아무것도 묻지 않고, 그렇다고 달리 입을 열거나 고개를 끄덕이지도 않았다. 다만 달콤한 초콜릿 냄새가 남아 감도는 제빵실 문을 열었다. 말하지는 않았지만 그의 넓은 등은 이리 들어오라는 허락처럼 보였다.

다른 빵집의 계산대 뒤편에 보이는 제빵실과 별다른 차이를 느낄 수 없었다. 거대한 오븐 두 대가 눈에 띄었다. 그는 좀 더 큰 쪽 문을 열고 트레이를 끄집어낸 뒤 나를 돌아보았다. 안으로 들어가라고? 산 채로 통구이가 되는 그림책 속 마녀의 모습이 나도 모르게 떠올랐다. 헨젤을 잡아먹기 위해 오랜 시간 기다리다가 그레텔의 꾀에 빠져 화덕에 거꾸로 처박힌 마녀가. 누가 누구의 등을 떠밀어야 하는 상황인지 잠깐 고민스러웠다.

그러나 그런 한가한 공상을 할 때가 아니었다.

나는 신발을 신은 채 약한 훈김이 남아 있는 오븐 안으로 한 발을 들였다. 빵 굽는 용도의 오븐이라면 어째서 신발을 벗으라는 말을 안 하는 거지? 어서 들어가라는 듯 턱짓만 까딱해 보이는 그에게 말했다.

"다, 조, 좋은데 오, 온, 스위, 스, 위치는, 누르지, 마, 마요."

개암나무 가지

그 일은 배 선생과 그의 여덟 살 난 딸이 왔을 때 시작되었다.

편의상 호칭을 배 선생으로 통일해야겠지. 한때는 아버지의 부인에 대한 예우로 꽤 오랜 시간 어머니라고 부르긴 했지만, 우리 관계가 삐걱거릴 때부터 무의미한 이름이 됐다. 뭐 성이 배씨고 직업은 초등학교 교사니까 조금도 잘못되지 않은 이름이다.

배 선생이 우리 집에 왔을 때 나는 열 살. 현실과 동화를 구분할 수 있는 가장 적절한 나이였다.

어릴 때는 인지 능력의 미분화로 인해 현실과 동화를 혼동하곤 하지만, 일정한 나이를 넘어서면 현실을 떠나고 싶어 하는 마음과 누구라도 조금씩 가질 수 있는 피터 팬 신드롬 때문에 인격은 복합적인 혼돈을 일으킨다. 그중 대다수는 잠깐의 방황 뒤 그저 그렇게 동화를 잊은 채 살아질 뿐이고, 극소수 일부는 천장에 목을 매달거나 돌아 버린다. 나는 지금 대다수 가운데 하나다……

……가 아니라 나는 이미 여섯 살 때 청량리역의 인파 속에서 동화를 잃었다. 그때 점퍼 주머니 속에 무심코 손을 넣은 순간 오백 원짜리 동전 네 개와, 셀로판지에 터질 듯 빵빵한 공기와 함께 싸인 빵, 겉봉에 노래방 이름이 적힌 질 나쁜 여행용 휴지 따위의 현실이 만져졌던 거다.

아버지는 두 번째 결혼이 뭐 그리 남들에게 자랑하고 다닐 일이냐고, 그냥 합가하여 살림을 바로 차리자고 했다. 그러나 배 선생은 자기가 피치 못할 사정으로 야반도주한 불쌍한 여자도 아니고 보쌈당해 온 것도 아닌데 혼인 신고만 하고 구차하게 살림부터 살아야겠느냐고, 반드시 내가 보는 앞에서 비눗방울과 드라이아이스 기체가 윤무를 추는 성대한 결혼식을 올려야 한다고 주장했다. 그리고 신부에게 축하의 꽃을 건네주는 화동은 나여야 한다고.

그것은 아마도 일종의 선언.

—나는 네 밥 차려 주고 빨래하러 들어온 가정부가 아니라 처음부터 명실상부 네 아버지의 부인이다. 따라서 어떠한 경우라도 너에게 모친의 권위를 가진다는 것을 똑똑히 확인해라.

이런 요지의 선언까지 눈에 띄지 않게(내 귓속에는 노골적으로 메아리쳤다!) 했을 정도면 배 선생도 나름 불안했던 모양이다. 내가 텔레비전 드라마 속의 사춘기 아이처럼 당신 같은 건 엄마로 인정할 수 없어! 하며 등교 거부에 들어가거나 밥에 모래를 끼얹고 못살게 구는 등 촌스러운 반항이라도 할 줄 알았나. 그래서 기선을 제압하고 주도권을 잡음으로써, 이런 환경의 집안에서 혹시라도 일어날 수 있는 문제의 싹을 잘라 버리겠다고 결심했나.

그렇다면 한참 잘못 짚었다. 그런 마음을 먹을 만큼 나는 엄마의 빈자리를 아쉬워해 본 적이 없었고, 그런 귀찮은 감정적 몸부림을 칠 만큼 아버지와의 관계가 돈독하지도 않았다. 사람은 자기가 애당초 가져 본 적이 없거나 너무 일찍 빼앗긴 것에 대해서는 미련을 품지 않는다.

어쨌든 그렇게 배 선생과의 공동생활은 시작되었다.

결혼식 날짜를 잡기 전 아버지는 나를 불러다 놓고 황당

무계하며 신파적이기까지 한 다짐을 주었다.

—너는 아직 어려서 이야기책 속에 있는 일들을 믿고 싶겠지만 말이다. 그게 다 거짓말이라는 것쯤은 이제 알지? 신데렐라의 새엄마나 백설공주의 새엄마 같은 사람은 이 세상에 절대로 없다는 거 말이야.(아버지는 『백설공주』 속 마녀가 실은 친엄마라는 이본(異本)을 모르고 있었다.) 그래, 오히려 너는 네 친엄마하고 안 좋은 일을 겪었으니 이해가 빠르겠구나. 이제부터 네 엄마가 되실 분은 처음 약속을 지킬 사람이다. 첫째 날에는 네 앞에 우유를 놓아 줬다가 둘째 날부터 맹물로 바꿔 버릴 사람이 아니야. 오히려 자기 딸과 자기 자신과, 하물며 이 아빠까지 수돗물에 밥을 말아 먹는대도 네 앞에는 우유를 놔 줄 분이다. 게다가 학교 선생님이기까지 하잖니. 얼마나 아이들의 마음에 대해 잘 알고 계시겠냐. 어떤 일이라도 불공평하거나 경우 없게 처신하지는 않으실 분이야. 천성이 바르고 곧은 분이니까 그리 알고 꼭 엄마라고 부르며 따르도록 해.

아버지는 새물내가 나는 깨끗한 속옷과 셔츠가 요일별로 옷장에 채워져 있기를 바랐고, 고소한 된장찌개와 숙주나물을 버무린 참기름 냄새가 아침마다 코끝을 간질이기를 바랐다. 그것을 위한 현실과의 타협이라는 거였다.

그렇게 장황하게 예를 들 것까지도 없이 나는 추후 아버지의 행보에 대해 코딱지만큼의 관심도 없었다. 그러나 아버지는 마치 내가 뒤뜰에 나만의 서낭당을 차려 놓고 엄마의 영혼이 깃든 개암나무 가지를 흔들며 배 선생을 저주하기라도 할 것처럼 압박했다. 개암나무 가지란 생전의 엄마가 아이를 깊이 사랑하고 남겨진 아이의 행복을 진심으로 빌 때에만 그 신비한 힘이 발휘되는 것일 텐데도.

아버지의 조심스러운 위로와 설득의 몸짓 속에서 나는 사실 이런 일방적인 목소리를 듣고 있었다.

—이미 일이 여기까지 되었는데 네가 별수 있겠어? 깽판이라도 놓을래? 곱게 포기해, 응?

안 그래도 나는 헤살 놓을 생각이 없었는데, 아버지는 내가 과도한 수긍을 하고 전심전력으로 두 분의 행복을 빌어드려야 이 결혼의 그림이 완성된다고 믿는 듯 지속적으로 긍정을 강요했고 굴종을 기대했다.

아버지는 전래 동화 속의 새엄마가 절대로 없다고 단언했으나 절대로라는 말만큼 폭력적인 표현이 세상에 어디 있을까. 동화가 아무리 가공의 이야기라도 덮어놓고 허튼소리는 하지 않는다. 시대와 문물이 변한대도 사람의 속성에 그리 극적인 변화는 일어나지 않는다.

배 선생도 처음에는 플레이스테이션 같은 환심 살 만한 선물을 내게 갖다 안겼다. 첫 만남에서 그녀는 옆에 당시 두 살 난 딸의 손을 붙잡고 왔다. 이제 막 걸음마를 마치고 뛰어다니기 시작한 아이였다. 그 애와 내가 눈이 마주칠락 말락 한 순간, 그녀는 딸의 어깨를 자기 허벅지 쪽으로 감싸듯이 끌어당겼다. 아이는 나를 올려다보며 낯선 사람이니까 일단 두려워하고 본다는 듯 어깨를 움츠렸다.

그 애가 나를 꺼려서 어깨를 움츠리고 그걸 본 배 선생이 자기 몸에 당겨 붙여서 안심을 시켜 준 것인지, 배 선생이 잡아당겼기 때문에 거기에 반사 작용이나 호응이라도 하듯 아이가 어깨를 움츠림으로써 뒤늦게 나를 꺼리는 감정이 든 것인지 앞뒤 관계를 알 수 없었다. 미묘한 순간의 차이였기 때문에 나도 미처 알아차리지 못하고 지나갔다. 뒤이어 바로 배 선생이 내민 플레이스테이션 박스 때문에 잊어버렸는지도.

이른바 영역 싸움을 하지 않으면 우리의 동거 생활은 성공적일 터였다. 서로 꼭 필요한 만큼만 관심을 기울이고, 1년에 수차례 반복되는 집안 어른들의 생신이나 제사, 명절 등의 가족 의례를 형식적으로나마 마찰 없이 치르고, 서로의 역할이나 의무를 다하는 모습을 남들에게 전시하면 그만이었다.

내게 있어서는 한마디로 시한부 역할놀이. 에둘러 말할 것 없이 그저 가만히 있으면 중간은 간다는 생각이었고, 별탈 없이 평범하게 지내는 다른 집 열 살짜리들처럼 응석을 부리거나 하여 곁을 준다는 느낌을 갖게 하고 싶지도 않았다. 딱히 별다른 방어 기제가 작동한 것도 아니었는데.

이 또한 만났을 때부터 배 선생이 무언의 기선 제압 의욕을 보여서 내가 마음을 열지 않은 것인지, 내가 처음부터 배 선생을 소 닭 보듯 하여 그녀의 반감을 불러일으킨 것인지는 알 수 없었지만 나는 그런 눈치를 채거나 타인을 배려할 만한 나이가 아니었다.

각자가 들이마실 공기의 부피를 침범하지 않기. 나는 최소한의 의식주 문제를 해결함으로써 안정적인 미래로의 발판을 제공받고, 배 선생은 자신의 딸과 함께 사회적으로나 법적으로 여러 가지 보호 및 보장을 받는 일. 지나치게 팽팽하지도, 하염없이 느슨하지도 않은 적당한 긴장감. 그런 테두리나 조건 안에서 우리는 우리일 수 있었다. 그때까지는, 어느 날 무희에게 그런 일이 생기기 전까지는.

플레이스테이션 박스로부터 몇 년 지나지 않았을 때쯤,

배 선생은 나를 볼 때마다 불쾌감을 굳이 숨기지 않았다. 이유는 어렴풋이 짐작됐다. 화재나 교통사고 같은 직접적인 재난이 아니고서야 사람에게 생긴 문제가, 심지어 감정에 관계된 문제라면 그 원인이 꼭 한 가지일 수만은 없다. 그래도 그중 분명한 요인 하나는 아버지의 시선 처리에 있었다.

아버지는 나뿐 아니라 가족 누구라도 살갑게 돌아보는 법이 없으며 가족의 대소사는 집안의 여성이 알아서 챙겨야 마땅하다고 믿는, 전형적인 가부장제의 신봉자였다. 캐릭터 완구 회사의 영업부장으로 주요 고객인 어린이와 그 부모들에게는 어떻게 하는지 모르겠지만, 집에서 보이는 모습은 알록달록하고 아기자기하며 친근한 캐릭터들과는 거리가 멀었다. 이른 출근과 늦은 퇴근으로 가정 경제에 복무할 뿐 특별한 취미나 특기 내지는 관심사가 없었다. 사회적으로는 남녀유별을, 정치적으로는 보수인지 보신인지 모를 기조를 지지하는 모양이지만 그걸 확인하기 위해 대화를 시도하지는 않았다. 내 신상에 이로울 게 없었으므로.

그렇다고 한집에서 눈 한번 마주치지 않고 살아가기란 불가능했다. 학교에서 통지표에 사인을 받아 오라고 할 적마다, 각종 조사서나 동의서 같은 가정 통신문을 나눠 줄 때마다 나는 이른 아침이든 늦은 밤이든 아버지와 대면하지 않고 지나갈 수 없었다. 어떤 말과 태도로 그것들을 내미는 것이 가장 자연스럽고 신속하게 끝날까 매번 고민해 보았자, 아버지가 나를 안 볼 수는 없었다. 아버지는 모종의 의도는 없이, 다만 배려도 없고 신경도 없이 이런 식으로 말을 툭 내뱉곤 했다.

"네 엄마는 옛날에 공부 잘했어. 웬만하면 정신 좀 챙겨."

그럴 때마다 나는 아버지의 등 뒤에 서 있던 배 선생과 눈이 마주치곤 했다. 아무 말도 없이 다만 아버지의 뒤통수를 내려다보는 그 눈길 속에서 이런 목소리가 차갑게 울렸다. 당신 지금 그게 무슨 말이지? 네 엄마라니, 누구. 그러면 지금 저 녀석이 어머니라고 부르는 나는 뭐란 말이지. 왜 당신은 저 녀석에게 엄마가 따로 있었다는 사실을 이런 식으로 굳이 내게 상기시키지.

시작은 그저 일상적인 불만, 해맑고 티 없는 이들이라면 서로 조금씩 조심하고 베푸는 마음으로 만사 해결할 수 있다고 믿으며 태평하게 한 걸음씩 양보를 종용할 법한 일들에서 비롯했다.

"어째서 옛날 앨범을 이렇게 나 보란 듯이 책꽂이에 두는 거야?"

문제의 앨범이란 좌푯값으로 치자면 x는 100, y는 0에 가까운 구석 자리에 있었다. 그 자리에 처박아 둔 지 백 년은 되는 듯.

"……그, 얘기를, 왜…… 저한테 하세요. 아버지한테…… 물어보세요."

"똑바로 말 못 해? 이거 네가 나 보라고 여기 널브러뜨려 놓은 거 아냐?"

"……아닌데요."

별걸 갖고 다 트집이야. 그 이상 오래 마주 보아서는 곤란하겠다고 생각하며 나는 몸을 일으켰다. 그리고 나는 앞으로 내 방에서만 보내는 시간이 늘어나리라는 걸 예감했다.

"무슨 생각으로 옛날 가족이 찍은 사진이 아직까지 내 눈에 띄는 데 있냐고?"

"그러니까…… 아버지한테 하실 얘기를 왜 저한테."

"너는 이 집 사람 아니야? 지금 여기 아버지가 어디 있어? 내가 지금 못 할 말 하는 거니?"

"아…… 그렇다는 건 아닌데……."

"네 아버지 일인데 네가 모르면 누가 안다는 거야? ……왜 그런 눈으로 봐? 기분 나쁘게. 내가 이런 말 할 자격이 없다고 생각하나 보네. 설명할 가치도 없다거나. 그럼 네가 여기 나하고 있을 이유도 없겠지. 네 방에 가 있어."

그런 소소한 일들을 시작으로 집에서 내가 머물 공간은 점점 줄어들었다.

이를테면 학교 과제물인 음악 감상문 제출을 위해 내가 거실 오디오로 CD를 틀자, 10분 뒤에 그녀는 나와서 말없이 오디오 전원을 뽑아 버리고 돌아섰다. 왜 그러느냐고 내가 묻기도 전에 그녀는 안방으로 사라지며 혼잣말했다.

"골이 지끈거려서, 원."

가끔은 텔레비전을 보면서도 할 수 있는 만만한 공작 과제물 같은 것도 있었다. 가위, 풀, 나무 막대, 종이 같은 것이 거실 탁자에 어지럽게 널린 걸 보고 그녀는 탁상보째로 들어 올려 내 방에 떨궈 놓았다.

"내 집이 정신 산란한 건 못 참거든. 이해해 줄래?"

이때까지만 해도 나한테, 비록 통보의 방식이긴 하나 최소한의 동의를 구하는 이성은 남아 있었던 듯싶다.

그런 자잘한 장면들이 쌓이고 쌓여, 초등학교를 졸업할 무렵에는 '다녀왔습니다' 같은 인사를 그녀에게 할 때가 견디기 어려운 시간 중 하나가 되었다. 나는 눈을 마주치지 않기 위해 고개를 되도록 깊이 숙였고, 그 숙인 시선 끝에서 그녀의 슬리퍼가 말없이 사라지면 고개를 들었다.

배 선생은 최초의 결혼 생활이 실패로 돌아간 뒤 그것을 새 남편에게서 보상받고 싶어 했으나, 아버지는 기대에 부응해 주지 않았다. 그럴 만도 하지. 아버지는 단지 이득과 편의를 위해 결혼한 거였으니까. 따로 사는 친할머니를 챙겨 주고 살림을 도맡으며 사회적 지위까지 괜찮은 부인을 얻기 위해 결혼 시장에 목돈을 지불했는걸.

그러나 그녀의 개인적 아픔을 이해한다고 해서 전처 아들인 내가 그 상처를 보듬어 줄 의리나 책임은…… 아무리 생각해도 없는 것 같았다. 일단 내 코가 석 자였다. 부탁이야, 아버지를 증오하지 않고 평범하게 살아가는 것만으로도 배터리가 모자라, 제발. 나는 언젠가 스스로를 감당할 수 있을 만큼 무언가를 두 손에 쥐게 되면, 그대로 떠나 버릴 사람이야. 그때까지만 나를 참아 주면 안 될까, 당신. 그냥 좀 무거운 공기가 옆에 있다고 생각해 주면 안 될까. 당신이 필사적으로 그리고 싶었던 가족사진, 그것이 영원한 화석이 될 때까지, 거기서 나 좀 빼 주면 안 될까.

가령 이런 장면. 서른 명 안팎의 친척들이 모여 차례를 모시던 어느 명절날. 1년에 몇 번 보는 친척들 가운데에는 지난번에 각자의 본가 일로 빠지거나 하여 몇 년 만에 만나는 오촌 당숙도 있다. 그런 당숙이 날 보고는 이게 누군가? 하다가 어깨를 탁 치며 말하는 것이다.

"아, 너구나 천재 소년! 얘 아주 어릴 적에 우리가 천재라고 그랬잖아. 두 살 때 한글을 줄줄 읽고, 손가락에 힘도 없는 게 네 살 때부터 그림일기를 써서 어른들이 다 뒤집어졌잖아. 그랬지?"(아주 가끔 보는 형식상 친척은 그런 어릴 적 얘기밖에 할 줄 모른다.)

그러자 어른들은 와르르 웃으며, 아기 적에 천재 아닌 사람이 어디 있냐, 누구는 세 살 때 구구단을 외워서 천재인 줄 알았는데 지금은 반에서 10등도 못 한다더라, 우리 큰애도 두 살 때 나라별로 국기와 수도를 다 외웠는데 지금은…… 운운하다가, 교육 전문가로서 조카며느님 생각은 어떠시냐고 배 선생에게도 의견을 구한다. 그러자 그녀는 말한다.

"글쎄요. 어릴 적에 그런 게 다 무슨 소용이겠어요. 설령 소용 있어서 지금 재능이 두드러진다 쳐도, 무희한테는 영재 교육 같은 건 시키지 않으려고 해요. 우리나라 교육 환경상 그런 일은 아이의 장래를 오히려 망치는 수가 있지요. 나쁜 길에도 빠져들기 쉽고 상업적으로 이용당하다가 결국은 도태되기 십상이고. 본인이 얼마나 잘났는지는 모르지만 어른이 되어 봐야 아는 일이지요. 그래서 내키지 않아요. 무희만큼은요."

술잔 채우고 오가는 소리에 배 선생의 의견은 사람들의

기억에서 금방 잊혔지만, 당신 딸 무희만큼은 그렇게 두지 않겠다고 두 번 강조한 점이나, 나를 보는 대신 식탁 위의 구운 조기 눈알을 내려다보면서 얘기한 것이나, 얼마나 잘났는지 모르겠다는 '본인'이 정확히 누구를 가리키는지 알 수 없다는 점에서(나인지, 또는 언론에서 설레발치는 바람에 앞길을 망친 천재들인지) 이 정도면 나올 말 거의 다 나온 것 아닌가 싶다. ……시답지 않게 친척이 비행기를 태웠을 뿐 당시 나는 몇몇 글 관련, 그것도 교내 대회에서 작은 상을 받은 정도였다는 점을 생각해 볼 때, 배 선생은 누구도 묻지 않은 영재 교육 운운으로 감정의 과잉을 스스로 폭로한 셈이었다.

사실은 어느 눈치 없는 친척이, 모두에게 들리지는 않았지만 그림일기와 구구단 사이 어딘가에 '얘가 제 엄마 닮아서 그렇게 글재주가 좋잖아.' 소리를 한 것이 좀 더 직접적인 화근이었을 터다. 그 친척은 엄마와 나에게 무슨 일이 있었는지 구체적으로 모르고 있었다.

배 선생이 내게 사소한 장면들을 하나하나 얹어 주어 무게감과 압박감을 키운 것 못지않게, 그녀 자신에게도 누적되는 피로와 고통이 있었으리라는 짐작은 갔다. 따로따로 떼어 놓고 보면 아무것도 아니지만 원자들이 모여 분자를 이루는 것처럼.

……그렇지만 그게 내 탓은 아니잖아. **나는 단지 거기 존재했을 뿐인데.**

배 선생의 요구 사항은, 그 말투가 신경질적이었을 뿐 내용 자체는 사소하고도 때론 당연한 까닭에, 듣는 내가 이상한 낌새를 채기 어려울 정도의 속도로 점점 늘어났다.

"다 큰 게 언제까지 내게 빨래를 맡길 작정이지? 아직까지 세탁기 사용법도 제대로 모른다니 네 아버지란 분도 알 만하구나. 이리 와서 잘 봐 둬라. 네 옷 정도는 스스로 빨아. 빨래판에 대고 문지르란 것도 아니고, 세탁기가 다 알아서 해 주잖아. 그런 것까지 내가 알려 줘야 하니? 돌리고 널고 말리기만 하면 되는데."

"저녁을 먹었으면 밥값 좀 하지? 설거지하는 것까지 시범을 보여 줘야 하니? 나는 살림하는 가정부로 이 집에 취직한 게 아니란 사실을 알아 둬라."

"이제 중학교에 들어갔으니 하는 말인데, 교복 와이셔츠는 알아서 다려라. 학생 주제에 그것 말고 뭘 입을 것이며, 온 집 안의 옷을 다 다리라는 것도 아니잖아."

이런 말들이 단순히 가사 노동의 불공정한 분배에 대한

비판 및 대안 제시 차원이라면 마땅히 존중하는 게 가정의 평화 유지에 도움이 될 듯하여 아무 말 없이 실천에 옮겼다. 그런데 어쩐지 어투와 상황을 보면, 그렇게 근시안에 단세포적인 처방으로는 해결되지 않는 무언가가 바탕에 깔려 있는 듯했다.

무엇보다도 신변의 위협……까지는 과장이라 쳐도 집안에서 나의 좁은 입지를 느끼게 된 것은, 언젠가 배 선생이 내가 집에서 입는 옷까지 간섭하기 시작했을 때부터다.

"집 전체를 너 혼자 전세 냈다고 생각하지 마라. 여름이라 덥다고? 선풍기를 틀어. 훌떡 벗는다고 시원해지는 줄 아니? 그 반바지에 러닝셔츠만 입고 온 집 안 돌아다니는 것 좀 그만둘 수 없니? 천박한 건 누굴 닮았는지. 반팔 셔츠가 없어? 실내용 슬리퍼가 있는데 왜 안 신고 맨발로 휘젓고 다니는 거야? 네 방 안에서 얼마든지 그러고 돌아다녀도, 네 방 밖에서는 그러지 말아 줬으면 좋겠구나. 이 집은 너만 사는 데가 아니라 내 공간이기도 해. 지킬 예의는 지키란 말이야."

공간 확보에 대한 배 선생의 욕망은 점차 구체적으로 나타났다. 사람이 내 사람이라 생각되지 않을 때, 자리가 내 자리 아닌 것만 같을 때 더욱 증폭되는 공간에의 욕구. 배 선생이 삿대질을 한 번 할 때마다, 나지막하게 짓씹듯이 핀잔 조로 말할 뿐인데도 확성기를 단 것처럼 '여긴 내 집이고 여기 안주인은 나야!'라는 비명이 들려왔다. 그 비명 너머로, 자라나는 무희의 시무룩한 얼굴이 보였다. 그걸 걱정하고 있는 거야? 내가 당신의 영역을 침범해서 여동생을 해코지하기라도 할까 봐?

그 깨달음과 함께 나에게는 일정한 행동 양식이 생겼다. 언젠가부터 눈뜨자마자 학교에 가서 매점 빵으로 아침을 때우기 시작했다. 그녀의 공간을 세내어 옹송그리는 시간을 조금이라도 줄이려는 나름의 타개책. 저녁이면 방에서 먹을 만한 빵을 사 들고 집으로 들어와서는, 현관문 바로 앞에 있는 내 방으로 들어가 문을 닫는 것이 습관화되었다. 여기만은 내게 허락된 공간. 그 문은 다음 날 새벽에 깨어 제일 먼저 욕실을 쓸 때까지, 설사나 고열 내지는 맹장염 같은 위급 상황이 아닌 한 웬만해서는 열리는 법이 없었다. 나는 다음 날의 학교 과제물을 워드로 작성하면서, 레이저 출력기가 토해 내는 힘겨운 소음에 거실의 텔레비전 드라마 대사가 섞여 드는 소리를 들었다.

대체로 자정이나 되어야 들어오는 아버지는 이 사실을 알 수 없었다. 알려고 들지 않았던 걸 수도 있고, 알았다 한들 무언가 조치를 취할 생각을 안 했을 것이다. 중재나 개선을 하는 데에는 일정 이상의 관심과 노력이 든다. 모르는 척 놔두는 게 자기는 세상 편하니까. 자정 직전쯤 나는 방의 불을 꺼 버리고 이불 속으로 기어 들어갔고, 현관문 열리는 소리와 함께, 이 새끼는 아버지 오는데 내다보지도 않고 천날만날 처자빠져 자느냐는 아버지의 불만스러운 목소리를 들으며 눈을 감았다.

아버지, 그건 아세요? 당신의 부인이, 당신을 맞이하기 위해 현관문에 내가 나란히 서는 것조차 싫어한다는 걸. 어쩌다 천년 만에 '가족'끼리 밥상을 함께하는 날이면, 국그릇을 올려놓다 내 손과 닿는 것조차 벌레 보듯 한다는 걸. 그 몇 번 안 되는, 참을 수 없이 단란한 식탁에서 나는 식탁보의 사방연속무늬에 시선을 의지하고 있었다는 걸.

입학하고 얼마 안 되어 나는 교무실에서 주의해야 할 학생들 중 하나로 명단에 올라간 걸 알았다.

"이번에 1학년 개, 초등학교 졸업할 무렵부터 그렇게 됐다고 그러네."

"그거 관심받고 싶어 그러는 거 아냐? 책은 제대로 읽던 걸요."

"그게 글자만 없으면 그렇다는 거야. 나도 부담스러워서 걔한테는 말을 안 시키게 되더라고……. 뭐 성적도 앞에서 세나 뒤에서 세나 그저 그렇고, 말 못하는 거 빼면 별문제 없어요."

"같이 다니는 애도 하나 없는 것 같던데."

"누구하고 꼭 같이 다녀야만 하는 건 아니죠. 왕따나 안 당하나 그런 거만 좀 체크하고, 신경 쓸 거 없지 않나?"

담임에게 한번 전해진 얘기는 거미줄처럼 사방으로 뻗어 나갔고, 학생 신상 정보에 자연스럽게 기록으로 남았으며, 나는 상담이 필요한 안쓰러운 아이가 됐다.

이런 쑥덕거림이 들려오던 어느 날 상담실 담당인 국어과 교사의 특별한 배려로 방과 후 개인 면담이 진행됐다. 자꾸 나부터 마음을 열란다. 이유를 알면 극복할 수 있을 거란다. 그러나 누구에게 말할 수 있겠어. 당신들과 똑같은 일을 하는 유능한 선생님이 있어요. 내 아버지의 부인이기도 하지요. **나는 단지 이 자리에 있었을 뿐인데,** 내가 원해서 내 아버지의 아들로 태어난 것도 아닌데, 그 선생님은 모든 것이 마음에 들지 않는 것 같아요. 상담이 필요한 건 내가 아니라 그 선생님이에요—라고? 생각만으로도 구차한 데다 몇 다리 건너 후환마저 뒤따를 법한 이야기.

이유를 안다고 해서 상황이 달라질 일도 아니고, 필요 이상으로 입을 열지 않는 게 나의 최선이었으므로, 말은 점점 줄어들다 나를 떠나갈 수밖에 없었다.

무익한 상담을 마치고 나니 온몸이 전력 질주를 한 것처럼 젖산이 분비되고 피곤해졌다. 교실로 돌아와 넥타이를 느슨하게 풀었다. 대체 요즘 세상에 촌스럽게 학교 상담실로 들어가 상담받는 애가 어디 있어. 임금님 귀는 당나귀 귀. 차라리 인터넷 고민방에 익명으로 글을 올리는 게 훨씬 유익한 조언을 많이 건질 수 있을걸. 비록 그런 게시물에 달리는 댓글이라면 실질적인 조언보다는 같이 화내 준다든지 일시적인 위로가 대부분이며 그보다도 그냥 각자 떠들 뿐이지만.

—터진 입 갖고 뭐해? 아버지한테 말 못 해? 저 여자가 나 괴롭힌다, 못살게 군다, 왜 말 못 해?

—위에 생각 없는 놈 봐라. 네가 그 상황 되어는 봤냐? 그 고백 한마디에 무슨 일이 생길지 아냐? 책임져 줄 거냐?

—나는 반대 경우긴 한데 엄마한테 말해 봤자더라. 우리 엄마 내 마빡 깨진 거 보고도 안 믿어 주더라고. 치사하고 드러워서, 그 인간 돈으로 열 바늘 꿰맨 거 도로 잡아 뜯어 버릴까 싶다.

몇 차례 설왕설래가 있으나 결론은 경제적으로 그럭저럭 혜택을 누리는 중산층 집안의 자식들이 하는 일이 대개 그렇듯이, 현실적이고도 건조한 이야기로 중지가 모아진다.

—본전 못 찾을 짓 말고 잊어버려. 그냥 눈 딱 감고 더러운 꼴 몇 년만 참아. 대학 가서 기숙사로 들어가 버리면 어때? 알바 뛰든지. 지금은 힘이 없잖아. 돈 없이는 아무것도 할 수 없다는 거 알잖아.

그러자면 2년 남았다.

내가 두렵고 불편했던 것은 배 선생이 대놓고 내 머리를 욕조에 처박는 게 아니라 티 나지 않게 피를 말리기 때문이었다. 효율적이고 경제적인 태도로, 몸 안쪽에서부터 조금씩 피를 뽑아내는 느낌으로. 겉으로는 멍들거나 긁힌 자국도 없이, 오로지 내상만을 목적으로.

텔레비전 주말 드라마를 보면서, 사람들은 외로워도 슬퍼도 울지 않고 참고 또 참는 캔디형 주인공을 두고 말한다.

—쟤는 왜 저러고 당하고 살아? 다 일러바치고 확 나와 버리면 되잖아?

그러나 그리 말하는 이들도 실은 알 거다. 부당함을 폭로한 이들이 겪게 될 더욱 큰 부당함을. 그런 일을 어찌 모면한다손 쳐도, 이상과 철저히 거리를 둔 현실을. 호락호락하지 않은 세상이 주는 무게와, 목적을 이루기 위해 어쩔 수 없이 필요한 최소한의 금전적인 지원을. 원하는 것을 얻기 위해 조금은 감수해야 할 여러 유형의 폭력이 있다는 체념적인 단정. 일단 닥치고 집을 나와 청소년 쉼터에서 미래를 준비하는 아이들은 아마도 생명의 위협에 가까운 폭력을 피해 도망쳤거나, 견뎌 본들 나중에라도 얻을 것 없는 가난한 집에 미련을 버렸거나 둘 중 하나이리라는 폭 좁은 편견. 대학에 가면 당면한 문제 가운데 최소한 몇 가지는 해결된다는 전통적이고 막연한 중류 계층의 믿음. 남들이 밟은 대로 따라가는 길. 그리로 가려면 물질적인 조건은 가능한 한 충족될수록 유리하다. 그 길을 벗어난다는 것 자체가 배 선생이 내비치는 적의 앞에 무릎 꿇는 셈이라 싫기도 하고. 그런 앞일을 고려해 가며 신중하게 행동의 폭을 결정할 뿐이다.

언제가 됐든 떠나기 위한 계산기만 두드리는 날들이었다.

그런데 사칙 연산 부호 중 무엇을 잘못 눌렀는지, 계산이 어그러졌다. 어디서부터였을까.

다갈색 핏자국이었다.

세탁기를 돌리려는데 내 빨랫감 속에 잘못 섞여 들어온 무희의 속옷이 보였다. 핏자국이 점점이 남은 자리는 그대로 말라 늦가을 바닥에 떨어져 밟힌 낙엽의 잔해를 떠올리게 했다. 손에서 빨래 바구니가 미끄러졌고, 옷들이 다용도실 바닥에 흩어졌다. 그때 저녁을 준비하러 안방에서 나온 배 선생과 눈이 마주쳤다. 그녀는 잠깐 무슨 일인지 파악하려는 듯 나를 위아래로 훑어보다가 바닥에서 딸의 속옷을 낚아채듯이 건져 냈다.

그날 밤, 내 방의 어둠 속에서 듣고 싶지 않고 모르는 척하려 했으나 엠피스리 플레이어의 이어폰을 꽂은 귓속에 폭력적으로 스며드는 대화들. 아이를 채근하는 엄마의 목소리. 학교에서 그런 거야? 아니면 영어 학원이야? 네 또래야? 아니면 좀 더 나이가 있어? 어른이야? 폭주하는 질문의 양에 아이는 매끄럽게 정보를 처리하지 못하고 웅얼거린다. 아버지의 목소리가 들린다. 아이를 그렇게 몰아세우면 누가 차근차근 대답할 수 있겠어, 좀 진정하고 얘기를 들어봐야……. 당신은 가만히 있어요! 곧이어 고성방가와 함께 몇몇 파열음이 뒤섞인 어른들의 싸움으로 번진다.

그 와중에 어찌어찌 필요한 대답을 최소한으로 뽑아내기는 한 모양이다. 다음 날 전치 4주 병원 진단서를 끊은 배 선생이 무희가 다니는 영어 학원으로 찾아간 걸 보면.

엄마의 집요한 질문에 시달리던 무희가 마침내 범인으로

지목한 초등부 회화 강사는, 그전에 비슷한 혐의를 받은 전력이 있는 사람이었다. 그것이 오해였는지 실형을 살고 나왔는지 합의금을 주고 유야무야했는지까지는 몰라도, 학원을 이직한 이유가 되었음은 분명했다.

그런데 내용물을 까 보니 학원 개원 때 돌린 광고지에 넣은 약력도 위조한 것이었다. 그는 어린 시절부터 약 15년간 외국에서 살다 왔으며 그곳에서 고등학교까지 마친 뒤 국내 대학을 졸업한 것으로 되어 있었다. 그것이 원어민 강사 위주로 채용한다는 학원에서 일할 수 있었던 이유다. 그러나 그가 실제로 외국에서 산 기간은 2년 남짓에 불과하며 대학은 중퇴, 실제로 영어를 원어민 수준으로 한다는 것 말고는 사실인 게 많지 않았다.

학원장은 이 일을 불문에 부쳐 달라며 배 선생에게 보상금을 제안했는데, 거의 얼마를 원하느냐는 식으로 나왔다고 한다.

"좀 신중하게 접근하실 수 없을까요. 저희도 그런 사실을 알고 채용한 게 아니잖아요. 문제가 있으면 저희한테 먼저 말씀하셔야지, 애들 수업하는 데 들어가셔서 선생님한테 직접 따지고 그러시면 안 되죠. 지금 같은 경우는 사실 확인도 되지 않은 걸 자꾸 인터넷에 글 올리면 애들 빠져나가는 거 책임지실 건가요. 막말로 같은 반의 다른 아이들한테서는 그런 얘기가 하나도 나오지 않았는데, 그건 이상하지 않으신가요? 아이가 어디 딴 데서 안 좋은 일 겪고 말하기 힘들어서 둘러대는지 어떻게 아세요?"

"이봐요, 지금 내 딸이 없는 말 지어냈다는 거예요?"

딸이 이중으로 모욕당한 뒤 배 선생은 학원장과의 대화 내용이 담긴 보이스 펜과 병원 진단서를 들고 검찰청을 찾아갔다. 일을 크게 벌이는 것이 아이의 기억에 남아 좋을 게 뭐가 있냐는 아버지와 또 한차례 다투고 난 뒤였다.

이후 모녀는 수차례 검찰에 불려 다니며 온갖 질문 공세를 받고, 배 선생의 표현에 따르면 누가 피의자고 피해자인지 알 수 없을 지경이 됐다고 한다.

"여덟 살밖에 안 된 아이가 그런 일을 당했는데…… 그 검사 놈이 애한테 자꾸 끔찍한 질문만 골라서……. 무희야, 그 선생님이 어디서부터 어디까지 만졌는지 손으로 좀 짚어 볼래? 그 선생님이 손 말고 다른 건 넣지 않았니? 볼펜이나, 나무젓가락? 아니면 선생님 고추는? 너에게 그걸 보여주거나 만지게 하지는 않았니? 크기가 얼마만 했지? 요만큼, 아니면 이만큼 컸니? 참다못해 내가 끼어들어서, 지금 뭐 하는 짓이냐고, 크기가 무슨 상관이냐고 따졌어. 그랬더니 어른이 아닌 어린애가 그랬을 수도 있으니까 당연히 체크해야 한다나. 한 번만 더 질문하는 데 방해하면 나를 밖으로 쫓아내겠다고도 했어. 나는 얘 엄마인데! 엄마 앞에서 그런 모욕적인 질문을 하고도!"

이럴 때 아버지는 조용조용히 분노 어린 모정에 공감해 주기만 해도 모자랄 판에 현실적인 대꾸를 하고 말았다.

"그러게 내가 진작 뭐라고 했어. 그런 불편한 일 겪을 거 다 알고도 당신이 선택한 거 아냐. 이제라도 그만두고 학원 옮기는 걸로 끝내. 합의금이고 뭐고 더러워서 그딴 건 안 받는다고 학원장 얼굴에 던져 주고."

"합의금 따위 더러워서 안 받겠다까지는 당신 생각과 같지만 그만두라니, 얘가 당신 딸이어도 그렇게 말할 수 있어? 좋겠네, 당신은 아들밖에 없어서. 안 그래?"

"무슨 말을 그렇게 해. 당신 아들이기도 하잖아."

"당신부터가 그동안 내 아들 네 딸 갈라 생각해 놓고 나한테 뭘 바라는데? 당신이 동조 안 해 주면 나도 필요 없어. 끝까지 싸워 보일 거야. 학원이고 그 작자고 다 작살내 버릴 거라고!"

나는 어린 무희에게는 악감정이 없었기 때문에 배 선생의 고통을 딱히 고소하다고는 생각지 않았다. 그러나 내가 이 일을 모르는 척하는 게 그녀가 바라는 일인 것 같아 가만히 숨죽였더니 그건 또 그거대로 욕을 먹었다.

"집안 꼴이 어떻게 돌아가는지 너 모르지? 참 세상 살기 편하겠구나, 너나 네 아버지나. 내가 네 엄마였어도 그랬을까? 얘가 네 동생이었어도 그랬겠니?"

그러나 막상 내가 무희의 문제에 관심을 보이려 들거나 염려하는 제스처라도 취하면 그건 또 그거대로 배 선생의 맘에 들지 않았다.

"주제넘게 우리 일에 뭘 나서고 있어. 어른들 말하는 데 끼어드는 건 어디서 배워 먹은 버르장머린지."

내가 어느 장단에 춤을 추어야 할까?

무희는 처음부터 일관되게 초등부 강사를 범인으로 지목했기 때문에, 결국 검사와 함께 삼자대면이 이루어졌다. 이 자리에서 문제의 초등부 강사는 냉정하고 침착하게 말했다고 한다.

"딸자식이 그런 일을 겪었을 때 어머님의 심정은 충분히 이해가 갑니다. 저도 자식이 있는데 그걸 모를까 봐서요. 하지만 지금 어머님 실수하시는 겁니다. 어디서 어떻게 제 과거를 캐 보셨는지는 묻지 않겠지만요, 그 출처도 그다지 바람직하거나 합법적인 경로로는 보이지 않습니다. 저도 아이 키우고 가르치는 사람으로 어머니 입장과 하나도 다르지 않습니다. 옛날 일은 그 당시에 이미 서로 간 약간의 오해가 있었던 것으로 합의하고 화해했습니다. 그런데 지금은요? 아이들 여럿이 같은 주장을 한다면 충분히 의심하실 만도 하지만 그렇지 않잖습니까. 저는 어머님 덕분에 멀쩡히 다니던 직장에서도 잘리게 생겼고 따지고 보면 제 쪽이 손해가 더 막심합니다. 좋든 싫든 저야 그런 일 겪어 본 사람이니까 이것도 제 업보로 알겠고요, 무고한 사람 건드린 죄는 묻지 않을 테니 여기서 접으세요. 저도 학원 그만두는 마당에 더 이상 학원에 손해 끼치기 싫습니다."

"무고해? 당신 학원하고 짜고서 애를 거짓말쟁이로 만들려는 거예요?"

그때 검사가 끼어들어 두 사람의 말을 가로막았다.

"이봐요 아줌마, 좀 가만히 계세요! 목소리 좀 낮추고! 여기가 어디라고 소란을 피워, 피우길. 아저씨도 말 너무 길게 하지 마요. 지금 당신 데려온 이유가 뭔지 알아? 애한테 얼굴 다시 한번 확인하게 하려는 거야."

검사가 배 선생의 직업을 알고 있음에도 선생님이라 부르지 않고 꼬박꼬박 아줌마라고 부르는 것이 그녀의 신경을 더욱 건드렸다. 개개인의 특성에 따라 다르겠고 모든 검사가 그렇지는 않겠지만, 상당히 많은 검사들이 검찰청에서 기선을 제압하기 위해 피의자 피해자를 막론하고 존칭을 생략하기 일쑤이며 때로는 인격적 모욕도 서슴지 않는다는 게 배 선생의 각주였다.

"나더러 아줌마라니, 나도 당신한테 아저씨라고 부르면 되나요? 아저씨, 자식 키워 봤어요? 당신 자식이 그런 일 당하고 와도 그게 거짓말일 가능성에 무게를 두고 수사할 건가요?"

"미안하지만 나는 결혼 안 했어요."

"못 한 거겠죠. 그런 정신머리로 앞으로도 못 하길 빌죠."

"소모적인 얘기 그만합시다. 거짓말이라고는 안 했어요, 괜히 애매한 사람한테 피해가 가면 곤란하니까 잘 좀 생각해 보시라는 말씀입니다. 꼬마야 너도, 정말로 이 선생님 맞는지 다시 한번 생각하고 대답해. 거짓말해서 나중에 아닌 걸로 밝혀지면 너나 네 엄마가 대신 감옥 간다?"

"검사가 어떻게 애를 협박해요? 애를 어떻게 감옥에 보낸다는 거예요? 인터넷에 올려도 되겠어요?"

"거 정말 그놈의 인터넷, 인터넷. 요즘 아주 그냥 인터넷이면 다 되는 줄 알죠? 그건 원대로 해 보세요."

그리하여 상황은 다시 역전에 역전을 거듭했다. 무희는

서너 번까지는 일관되게 초등부 강사를 범인으로 지목했으나, 검사가 일곱 번째 똑같은 질문을 하자 잘 기억이 안 난다거나 딴청을 부리거나 울어 버리는 등 가지가지의 반응을 보여 배 선생을 당황하게 만들었다.

"자, 보세요. 우리나라 현행법은 물적 증거를 중심으로 합니다. 어린이의 진술을 증거로 채택하기가 현실적으로 어려워요. 안정된 분위기에서 정신과 의사와 아동심리학자 등의 전문가를 동석시키고 최초의 단 한 번 진술만을 증거로 인정해야 한다? 말은 쉽습니다. 하지만 그렇게 말하는 사람들더러 직접 현장에서 지지고 볶고 해 보라지요. 아하, 그렇지. 그쪽도 선생님이라고 하시니까 잘 알겠네요. 실제로 얼마나 많은 아이들이 자기도 모르게 사실과 다른 얘기를 하곤 하는지. 그 애들이 영악하다거나 악의가 있어서 그런다는 게 아니잖아요? 아이들은 땅속에 머리만 거꾸로 파묻은 타조와 같단 말입니다. ……어린이 성폭력 가해자의 비율은 아는 사람이 75프로. 그 75 가운데 통상 동네 사람이 38, 친인척이 20, 교육 기관 관계자가 17 정도……. 그러니까 한 군데만 들이파지 마시고 시야를 좀 넓게 보시라고요."

이런 사정으로 집안의 분위기가 암울해지고 흉흉함은 극에 이르렀던 어느 날 밤이었다. 자기 나름대로 눈치를 보는지 아버지는 최근 들어 열심히 제시간에 퇴근하곤 했으나, 우중충하고 음산한 집안 분위기를 쇄신하는 데 별로 도움되지 않았다.

게다가 무희의 진술이 달라지자 마음을 바꿔 먹은 초등부 강사가 명예 훼손으로 맞고소를 하고 배 선생은 검찰 출두 명령을 받았다. 그날 밤 배 선생은 살려 달라는 무희의 머리끄덩이를 잡고 빙빙 돌리며 철제 옷걸이로 아무 데나 두들겨 팼다.

"말해! 말해! 누구야! 그 새끼가 아니면 누구! 너 이년, 생사람 잡고 엄마 개망신당한 걸 이제 어떡할 거야! 죽어 이년아! 어떤 놈이야! 바른대로 말 안 해!"

아주 나 보란 듯이 패고 있는데, 사실 말이지 미안하게도 나는 무희에게 악감정이 없는 대신 맞고 있는 걸 구해 줄 의리도 없었기 때문에 말리지 않고 있었다. 나서 보았자 어떤 트집거리와 함께 내쳐지고 무희의 비명만 더욱 높아질지 모를 일이었다.

그런데.

구십 도 각도로 천천히 들어 올려 내 얼굴을 가리키는 무희의 손가락을, 그 의미를 나는 이해할 수 없어 한동안 멍하니 그 자리에 서 있었다.

슬로 모션처럼 배 선생의 마른 손바닥이 내 광대뼈를 할퀴고, 이어서 멱살이 잡힌 채 벽으로 밀어붙여져 뒷머리를 찧었을 때에야 나는 내가 무슨 일을 당하는지 깨달았다. 벽에 부딪힌 머릿속에서 툭 하고 실핏줄이 끊어지는 듯한 소리와 함께 시큰하고 따뜻한 느낌이 퍼져 나갔다.

아니에요! 아냐! 내가 왜! ……이런 외침이, 항변이 입 밖으로 터져 나왔는지 어땠는지 알 수 없었다. 바로 이어서 무수히 내 머리를 후려치는 주먹이, 손바닥이 감각과 인식을 방해했다. 나는 이제 키가 아버지의 어깨만큼이나 컸고 서서 버틸 만큼의 힘이 있었지만, 그 이상으로 상대에게 반격을 가할 수조차도 있었지만 그렇게 하지 않았다. 아버지가 이쪽을 보고 있었다. 적어도 아버지의 부인을, 그렇게 할 수는 없었다. 주먹이 떨어지는 압력을 조금 덜기 위해서까지는 아니지만 어쩌다 보니 그 자리에 무릎을 꿇고 엎드리게끔 되었다. 목덜미로, 등으로 슬리퍼 신은 발이 쏟아졌다.

입가에서 턱까지 뜨거운 물기를 한 줄기 느끼며 나는 고개를 들어 아버지를 바라보았다. 아버지의 얼굴은 무희의 말을 딱히 믿는 것처럼 보이지는 않았으나, 그렇다고 해서 나를 감쌀 생각은 없는 것 같았고 전체적으로는 모호함으로 넘쳐 있었다.

나, 아닌 거 알죠? 내가 그럴 리 없다는 거 믿어 줄 거지요? ……이것도 말이 되어 내 몸 밖으로 나왔는지, 머릿속에서만 맴돌았는지 알 수 없었다. 하여튼 분명한 건 마침내 발길질을 거둔 배 선생이 격앙된 얼굴로 아버지 옆을 지나쳐 전화기를 들었다는 것이다.

"……여보세요? 거기 경찰서죠. 소년범을 신고하려고 하는데요."

그 순간 합리적인 사고 체계는 퓨즈가 나간 듯 모두 끊어져 버렸다. 설령 잡혀간다고 해도 사실이 아닌 데다 증거도 없으니 금방 집으로 돌아와 오해를 풀 수 있으리라는 이성적인 판단 같은 걸 할 상황이 아니었다. 배 선생이 전화기를 드는 것을 아버지가 말리지 않았는데, 그런 집에서 내가 더 이상 어떻게 오해를 푸는 따위의 낭만적이고 동화적인 일을 기대할 것이며, 일상의 안녕을 구할 수 있겠어. 나는 난파 직전의 선박에서 무게를 줄이기 위해 바다로 던져진 포로나 이방인과 다름없었다.

그것을 느끼는 순간 나는 전화를 끊고 계속해서 멱살을 감아쥐어 오는 배 선생을 떠다밀었다. 넘어지는 배 선생의 등에 밀린 아버지까지 같이 쓰러졌다. 뒤집힌 거북같이 포개진 채 버둥거리는 두 사람을 뒤로하고 현관문을 열었다.

뛰쳐나가기 직전에, 아직도 코피를 흘리며 방문 앞에 쭈뼛거리고 서 있는 무희와 눈이 살짝 마주친 것 같았다. 여유를 부릴 시간은 없었지만 적어도 네 잘못은 아니라고 살짝 고개를 끄덕여 줄 수는 있었다. 그 애가 고통스러운 순간을 벗어나고 싶은 마음에 순간적으로 곁에 있는 아무나인 나를 지목했을 뿐이라는 사실을, 묻지 않아도 알 수 있었다.

배 선생이 저놈 잡으라고 악을 쓰고 아버지가 부스럭거리며 몸을 일으키는 소리가 등 뒤에서 들려왔다. 그들이 쫓아온다.

악마의 시나몬 쿠키

물품명: 악마의 시나몬 쿠키 2개 1입 9,000원.

성분: 중력분, 계핏가루, 흑설탕, 건포도, 그 밖에 특제 비밀 엑기스. 엑기스의 원료는 특정 재료에 거부감이 있으신 분들을 위해 비밀에 부치니 양해 바랍니다.(일반적으로 알레르기를 유발하는 식품류가 아니니 이 점은 염려 마세요. 사실 자기가 직접 먹을 것도 아니잖아요?)

상세 정보: 반드시 마음에 들지 않는 상대에게 먹이세요. 평균 2시간 동안 뇌신경 세포를 교란해서 그가 무슨 일을 해도 실수를 하게 만들어 줄 것입니다. 중요한 발표나 발언을 할 때도 주어 서술어가 하나도 맞지 않고 주제에도 벗어나 누가 보아도 맛이 간

사람처럼 보일 것이며, 포만 상태라면 괄약근을 조절하지 못하고 옷에 실례할 수도 있답니다. 공복 상태에서 이것만 섭취했다면 지속적인 구역질을 일으킬 것입니다. 실명은 밝힐 수 없지만, 휴정 시간에 이것을 먹은 뒤 법정에서 퇴장당한 악덕 변호사가 그 후 다시는 사건 수임을 하지 못했다는 전설도 전해져 온답니다!

사용 시 유의 사항: 반드시 처음 제품을 싸고 있었던 갈색 기름종이 그대로 소지해야 합니다. 봉투를 바꾸면 효과가 떨어지니 주의하세요. 그리고 사용 당일 새벽 5시경, 해가 뜨기 전에 이 제품을 서쪽을 바라보게 놓아두고 이렇게 말하세요. "나의 분노와 증오를 담아 ○○○에게 꼭 맞는 처분을 부탁드립니다."(※ 위저드베이커리닷컴에서 제품마다 제공하는 모든 주문은, 원래는 라틴어 또는 고대 헬라어로 쓰인 것이나 사용자의 편의를 위해 번역 및 풀어 쓰기 했음을 알려 드립니다. 그런 만큼 주문의 효과가 약할 수 있으니, 얕잡아 보지 마시고 반드시 정성을 다해 또박또박 외어 주십시오.)

빵집 마법사가 운영하는 인터넷 쇼핑몰의 주소는 wizardbakery.com이었다.

이 쇼핑몰에서는 유형 또는 무형의 신비주의적이고 수상쩍은 물품들을 팔고 있었다. 그런 만큼 포털 사이트 카페처럼 비밀리에 소규모 거래가 이루어지리라고 생각했으나, 생각보다 많은 사람들이 물품 주문을 하고 문의 게시판에 글을 올리며 사용 후기에 별점을 매기고 있었다. 단 상당히 고가의 물건들이 있음에도 신용 카드 결제 시스템은 갖추어져 있지 않았다. 그도 그럴 것이, 실제로 유효한 '사랑의 묘약'이니 '부두 인형'이니 하는 것을 신용 카드 받고 팔았다가는 거래의 흔적이 남아 문제가 생기고 영업 정지를 먹을 터였다. 법적으로 번거로운 일이 생길 때를 대비하여 그는 외국 계정을 빌려다 쓰고 있었다.

해외 인터넷 경매 사이트 같은 곳에서도 '제 이마를 광고판으로 쓰세요.'라든가 '우리 집에 사는 유령을 분양합니다. 즉시 구매 가격 1달러에 데려가세요. 배송료도 필요 없네요. 밤이 더 이상 덥지 않습니다.' 내지는 '신체 건강, 성적 우수, 교양 풍부, 저를 사 주세요.'같이 희한하면서 실제로 판매가 가능할지는 알 수 없는 품목이 가끔 올라오곤 했다. 그러나 마법사의 쇼핑몰에서 파는 것들은 그런 해프닝이나 농담과는 달랐다.

마법사의 빵집으로 도망쳐 온 그날부터, 그가 몸을 숨겨 주는 대신 나는 이 홈페이지의 관리를 맡게 되었다.

"관리라고 해 보았자 특별한 게 아니고, 홈페이지를 꾸준히 드나들면서 게시판에 글이 올라오거나 주문이 들어오면 나한테 바로 알려 주기만 하면 돼. 결제 및 배송 문의를 제외하곤 네가 답글을 달 수 있을 만한 건 별로 없거든. 그래도 주문이 들어올 때마다 알려 주면, 번거로워 보이지만 실은 시간을 더 아낄 수 있어. 지금까지는 밤마다 주문서를 한꺼번에 보고 만들어서 좀 바빴거든."

그럼 이제 마법사가 일상적으로 파는 물건이 어떤 것인지 좀 보도록 하자.

무엇보다도 그 정체불명의 빵들. 가게에서 파는 것과 겉보기는 비슷하지만 성분은 좀 달랐다. 그러니까 내가 빵마다 무엇이 들어 있냐고 물었을 때에 그가 대답했던 것은, 적어도 매장에 진열된 빵에 한해서는 농담이었다. 그러나 그와 꼭 같이 생겼으면서 그가 말한 여러 가지 사악하거나 악취미적인 재료가 들어간 빵과 과자 들은, 잘 포장되어 원하는 사람들에게 택배로 보내졌다.

어떤 사람들이 대체 이런 빵을 찾는 걸까?

각각의 빵은 상세 이미지와 함께, 첨가된 재료 일부에 대한 소개가 있었고, 자신 또는 타인이 먹었을 때의 효과가 명시되어 있었다. 마지막 줄에는 사용 시의 부작용도 꼼꼼하게 소개해 놓았다. 그리고 물품 상세 설명이 끝나는 곳에는 그것을 산 사람들의 사용 후기가 별점과 함께 올라와 있었다. 단지 재미로 사 본 것이었으나, 우연인지 간절히 소원을 빌었기 때문인지 뜻밖의 효과를 보았다는 이야기들과 함께 별점은 다섯 개 만점에 대체로 평균 네 개나 최소 세 개 반은 되었다.

그들이 말하는 효과란 자기가 먹었더니 정말로 자신감이 붙고 떨림도 사라져 중요한 거래를 성사시켰다든가("플라세보 효과라도 좋아요! 결과가 좋으면 만사 오케이.") 간식을 나눠 주는 척하면서 꼴 보기 싫은 상사에게 먹였더니 그가 직간접적인 어떤 이유로든 신규 개발 상품 프레젠테이션을 망쳤다든가, 자신을 무시하는 이성에게 먹였더니 상대가 관심을 보여 주어서 전망이 밝다든가 하는 것들이었다.

'악마의 시나몬 쿠키'라는 것도, 20여 종에 이르는 빵과 과자 가운데 한 가지였다. 긍정적인 효과와 부정적인 효과, 중성적인 효과 등 효력도 다양했는데, 그 품목 가운데 특별히 눈에 띄는 걸 꼽아 보자면 이랬다.

마인드 커스터드푸딩 HIT!

시험이나 출장 등 중요한 일을 앞둔 당일에 마인드 컨트롤이 잘 되지 않을 때 부정이 타지 않도록 몸속에 부적을 섭취해 주세요.

메이킹 피스 건포도 스콘

사과하고 싶은 사람에게 주세요, 100퍼센트 화해합니다. 그러나 미안하다는 마음보다 어쩔 수 없이 사과한다는 마음이 앞서면 효력을 내지 못할 것입니다.

브로큰 하트 파인애플 마들렌 HIT!

실연의 상처를 빨리 잊을 수 있게 도와줍니다. 하지만 주인장으로선 그다지 추천하고 싶지 않아요. 상처를 빨리 잊는 데에 집착하는 사람은 그만큼 새로운 사랑도 무성의하게 시작하기가 쉽답니다.

노 땡큐 사블레 쇼콜라

정말 사귀고 싶지 않은 사람에게 고백받았다면? 이걸 대답으로 주세요. 한마디로 '먹고 떨어질' 겁니다.

비즈니스 에그 머핀

새 사업이나 장사를 시작하는 집에 선물 세트로 갖다 안기세요. 엄청난 성공이나 부귀를 안겨 주진 못하지만 장사를 꾸준히 지속하고 싶다면…… 이게 행운을 가져다줄 거예요. 최소한 말아 먹을 일은 없을 거랍니다. 그러나 자신의 역량을 무시하고 무리하게 사업을 확장하는 사람은 효과를 보기 어려울 거예요.

메모리얼 아몬드 스틱 HIT!

이걸 먹고 명상에 잠기면 잊어버렸던, 또는 가장 기억하고 싶지 않았던 과거의 일이 머릿속에 또렷이 떠오릅니다. 나의 잠재의식 속에는 뭐가 있을까? 내가 모른 척 덮어 둔 기억은 무엇일까? 모험심과 호기심이 넘치는 분들이라면 시도해 볼 만하네요.

에버 앤 에버 모카 만주

전학이나 유학, 이민 등으로 멀리 떠나는 벗에게 선물하세요. 당신을 결코 잊지 못할 것입니다. 그 사람의 힘든 순간, 기쁜 순간마다 당신이 떠올라 당신을 찾지 않고는 못 견딜 거예요.

도플갱어 피낭시에

이걸 먹고 잠들면 다음 날 내가 가기 싫었던 학교나 회사에 또 하나의 내가 대신 가 줍니다. 맘 편히 땡땡이를 치세요. 단, 정말로 도플갱어가 있는지 확인하기 위해 가 보면 절대 안 됩니다. 다른 사람들이 둘을 동시에 발견하거나 둘의 눈이 마주치면 둘 중 하나가 영원히 사라져 버릴 수 있습니다. 어느 쪽이겠어요?

그리고 각 물품의 맨 마지막 줄에는 인상적인 경고문이 곁들어져 있었다.

'긍정이나 부정, 자기가 바라는 변화가 어느 쪽이든 간에 이것은 물질계와 비물질계의 질서를 깨뜨리는 일입니다. 따라서 모든 마법의 이용 시 그 힘이 자신에게 부메랑이 되어 돌아올 수 있다는 사실을 반드시 명심하십시오.'

이거 뭐, 이용을 하라는 건지 말라는 건지. 그러고 보니 초기 화면의 회원 가입 안내문에도 그런 내용이 있었다.

'모든 마법은 자기에게 그 대가가 돌아오는 것을 전제로 합니다. 자신의 행위로 인한 결과를 책임질 수 있는 분만 가입하시기 바랍니다.'

그리고 하단의 체크 박스에 볼록 튀어나온 예, 동의합니다/아니요, 동의하지 않습니다.

그러니까 쉽게 말해 남의 목을 조르려는 자는 자기 관자놀이가 먼저 터질 각오를 해야 한다는 거겠지. 그런 의미에서, 순간이나마 여기 있는 여러 품목들 가운데 몇 가지를 배 선생에게 써 보면 어떨까 싶었던 나의 마음은 사그라졌다. 내가 그 대가로 나를 해쳐도 좋을 만큼 모험을 즐기지는 않아서 말이다.

그중 한 가지 품목인 악마의 시나몬 쿠키만 해도 하루에 최소 스무 건 이상 주문이 들어온다. 평소 같으면 이런 주술 행위를 재미로 보는 게 아니라 진지하게 믿고 따르는 이들이 있을까 싶었겠지만, 마법사의 오븐 속으로 직접 들어와 본 나는 믿지 않을 수가 없었다. 이용자층은 10대 여성이 압도적으로 많았고 다음이 20대 여성이었다. 회원 명부만 보자면 나이 불문 남자들도 심심치 않게 있었으며, 아마도 주민 번호 도용인 것 같지만 70대 이상도 있었다.

온라인 선물 가게 같은 곳에서는 상대의 이름 석 자를 적으면 그에게 저주가 내린다는 '저주의 붉은 노트'나 부두 인형이 팬시 아이디어 문구류 같은 느낌으로 팔리기도 하지만, 이곳의 물건은 그런 심심풀이 땅콩 수준의 대량 생산 제품들과는 차원을 달리한다. 물질이든 영혼이든 무엇이든 교환 가치가 우선시되는 세상에서는 이제 그다지 신기한 일이 아니리라.

네댓 개의 카테고리 아래 펼쳐진 물품들의 특징은 틈날 때마다 대강 둘러보면서, 주문이 들어올 때마다 주문서를 출력했다. 그걸 오븐 문짝 하나 너머에 있는 점장에게 갖다 주었다. 재료나 반죽을 준비하는 시간을 절약한다는 거였는데, 그게 도움 되는지는 알 수 없었고 그냥 가만히 넋 놓고 있지 말라고 신경 써 준 것 같기도 했다.

한 건의 주문과 다음 주문 사이에서 생각하곤 했다. 아버지와 배 선생은 이제 더 이상 나를 찾지 않을까. 알고 보면 지척에 있는, 겉보기엔 보잘것없는 동네 제과점에 몸을 숨기고 있는 나를.

그날, 마법사의 오븐 속으로 들어오던 날 밤.

그가 문을 연 오븐은 끝이 보이지 않는 어둠의 아가리를 벌리고 있었다. 그 안에 들어가 앞으로 포복 전진을 하는 대신 그 자리에 그대로 몸을 웅크리고 있다 해도 저절로 어둠에 집어삼켜질 것 같았다. 그대로 어디까지 들어가도 되는 건지 의문이 들었다. 선택의 여지가 없기에 그저 나아갔을 뿐.

이리로 들어가면, 영화에서 본 적 있는 옷장 너머 세계의 나니아 같은 데가 나오는 건가? 장엄할 만큼 울창한 수풀, 세상 누구도 밟은 적 없는 흰 눈, 말하는 동물들, 반인반마, 닿기만 하면 다리를 휘감고 자라나는 덩굴, 꿈틀거리는 모래 사람 등이 출몰하는 중세의 숲.

웅크린 등 뒤로 철컹 하고 그가 매몰차게 오븐 문을 닫아거는 소리가 들렸다. 나는 눈을 감고 손을 내밀어 앞을 더듬었다. 그러자 깊이를 측량할 수 없는 허공 대신 무언가 단단한 유리 표면 같은 것이 손에 닿았다. 그것을 밀자 다른 공간의 문이 열렸다.

여기는 어디?

제과점보다 스무 배쯤 넓어 보이는 원룸형의 방이었다. 이 상가 건물에 애당초 이만한 공간이…… 있을 리가 없지. 방바닥으로 내려서자 다시 등 뒤에서 카당 하고 문 닫히는 소리가 들렸다. 고개를 돌리자 그 자리에는 또 한 대의 오븐이 보였다. 이것이 지금 내가 나온 곳? 나는 오븐 문을 슬며시 열어 보았다. 그 안으로 팔을 한껏 뻗어 보았다. 역시 손에 닿는 것은 아무것도 없이, 태초의 혼돈과 같은 어둠이 그 안을 가득 채우고 있었다.

원룸형의 방 자체는 그렇게 환상적이지 않았고 이계(異界)의 느낌도 나지 않았다. 지극히 현실적인, 그러나 평수는 좀 되는 가정집 정도로 보였다. 그중 눈에 띄는 것은 방 한가운데 놓인, 과학 실험실과 같은 와인색 대형 실험대 책상이었다. 그 위에 있는 이름도 알 수 없는 복잡한 기구들. 플라스크와 비커마다에는 성분을 알 수 없는 고운 색 액체들이 박하 냄새를 풍기며 끓고 있었다. 이거 그대로 놔둬도 되나? 터지지 않나?

맞은쪽 벽에는 『아라비안나이트』에서 셰에라자드가 술탄에게 밤새도록 이야기를 들려주었을 법한 호화로운 침대와, 21인치 LCD 모니터가 딸린 고풍스럽고 품위 있어 보이는 앤티크 디자인의 데스크톱 컴퓨터가 놓여 있었다. 왼쪽 벽은 육중하고 단단해 보이는 월넛색의 붙박이 책장이 전체를 채우고 있었다. 대부분 어느 나라 말인지 모를 제목이 달린 양장본 고서들이 꽂혀 있었지만, 가끔 영어나 우리말로 된 책도 눈에 띄었다.

침대 위로 올라가 뻗어 본들 손이 닿지 않을 만큼 높고 어두운 천장에는 그것이 정말 밤하늘이나 되는 것처럼 수많은 별자리들이 검은 바탕에 수놓아져 있었다. 분명 인공으로 조형한 천체일 텐데 어떻게 저런 자연스러운 빛이 나지? 별들 사이로 유성이 지나가며 그리는 흔적까지 진짜 같았다.

오른쪽 벽면은 벽난로와 그 앞에 마주 바라보게 놓인 일인용 벨벳 소파. 벽난로는 성냥을 그어 장작더미에 불을 붙이는 운치 있는 것까지는 아니고 전기 벽난로긴 했지만, 어쨌든 가열은 되는 모양이고 불꽃도 제법 일어나게끔 되어 있다. 불꽃은 그 위에 올라앉은 커다란 검은 무쇠솥을 어루만지며 핥고 있었다. 벽난로 양쪽에 고리로 걸게 되어 있는 둥그런 무쇠솥이라니. 모든 것을 부패시키고 발효시키는 마녀의 자궁에 비유되곤 하는 솥. 그야말로 마법사의 집에 왔다는 실감이 들었다. 무쇠솥에서는 하얀 김이 꿈틀거리며 흘러나와 공기 중으로 퍼졌다. 그 안에서 뭐가 끓고 있는지 슬쩍 훔쳐보았으나 조금 실망스럽게도 그저 투명한 물이었다.

그래도 그 솥을 보자 그전까지 점장에 대해 품었던 또라이 의혹은 씻은 듯이 사라졌다. 솔직히 이 상황을 어떻게 받아들여야 할지는 알 수 없었지만, 왠지 이것이 가장 자연스러운 대답 같았다. 살면서 내 앞에 어느 날 미지의 존재나 마법사가 실제로 나타난다면, 같은 걸 생각해 본 적 없는 게 당연한데, 당황하거나 볼을 꼬집어 보기보다는 이상하리만치 편안하고 긍정적인 심정이 되었다. 절대 신이나 영혼처럼 눈에 보이지 않는 것도 믿을 수 있는데, 하물며 이렇게 눈에 보이는 것임에야.

그 현실을 받아들이자, 바닥에 그려진 커다란 원에 직선, 곡선이 조합된 그림도 마법진으로 보였다. 꼭짓점이 여섯 개인 작은 별을 품고 꼭짓점이 열두 개인 더 큰 별이 그려졌는데, 각각의 선이 모여 만든 공간에는 짤막한 히브리어 같은 말과 수학 공식이 적혀 있었다. 그 별은 두 개의 커다란 원이 감쌌다.

책장 옆에 조금 남는 벽의 모서리 공간에는 여덟 단으로 된 원목 서랍장이 있었다. 언뜻 보기엔 문구 센터에서 볼 수 있는 지류함처럼 생겼다. 각각의 서랍에는 정체 모를 말로 적힌 라벨이 붙어 있었다.

원래 모든 이야기 속에서는 이런 상황에서 바로 저런 것, 굳게 닫힌 문에 호기심을 느끼고 다가가 문손잡이를 돌려 보거나 서랍을 당겨 보는 법이었다. 처음에는 잠겨 있는 것처럼 보이다가, 어느새 손잡이는 스르르 돌아가고 또 다른 세계가 열린다…… 내지는 그 안에 무시무시한 무언가가 들어 있다……는 게 대략의 설정이며, 그런 이야기 속에서 반복되는 화소(話素)란 대체로 함정이었다. 금기의 문을 열면 푸른 수염의 컬렉션이 되어 버린다. 또는 몸이 돌덩이가 되어 굳어 버린다.

그럼에도 나는 그 수많은 동화 속의 정석대로 나도 모르게 서랍 고리에 손을 뻗고 있었다. 그러나 고리에 손을 대자마자, 뻐꾸기시계에 얌전히 올라앉아 있던 푸른색 새가 날아와 날개로 내 손을 치는 것이었다.

"아!"

나는 움츠린 손등을 감싸고 파랑새를 돌아보았다. 시계에 딸린 장식품인 줄로만 알았는데. 그 새가 나를 바라보며 날갯짓하고 있었다.

"여, 열, 지 말, 라……는 거야?"

파랑새는 대답 대신 날갯짓하는 방향을 바꾸어 서랍장 꼭대기에 올라앉았다. 그 파랑새가 어딘지 모르게 낯익어 보였다. 배 부분은 주황색, 어깨 부분은 파란색이었는데, 이 색은 낮에 계산대를 지키는 여자애가 입는 옷 색깔과 같았다. 여자애는 푸른 셔츠에 청바지를 입고 주황색 앞치마를 두르고 있었더랬다. 무엇보다 그림 속 인물화에 점안(點眼)하듯이 강조를 준, 머리에 꽂힌 작고 푸른 리본 핀.

네가 바로 그 애구나.

파랑새는 고개를 끄덕이듯이 깊이 숙여 보이고는 다시 뻐꾸기시계로 날아가 앉았다.

이제부터 여기서 무얼 어떻게 해야 할까를 고민하기 전에, 오븐 문이 덜커덩 열렸다. 문 안에서 그가 윗몸을 내밀었다.

"어, 거기 서서 뭐해?"

"아……."

저기, 저는 그러니까. 뭐라고 변명의 말이라도 해야 하는데, 나는 단골손님이고, 그는 내가 말을 더듬는 걸 잘 안다. 그러면 굳이 이렇게 온 목구멍과 혀의 근육을 긴장시킬 필요는 없지 않을까? 무엇이 됐든 간에 눈앞에 있는 사람은 어딘가가 많이 특별한 존재였다. 그는 왠지 내가 아무 말 하지 않아도 많은 것을 알아줄 것 같았다. 그렇게 생각하자 나는 흔치 않은 평온한 감각을 손발에 되찾았다.

"그 안이 궁금했어?"

그것 봐. 역시 말 안 해도 알잖아. 그는 앞치마를 풀어 벽난로 옆 옷걸이에 걸었다.

"손등이 빨갛게 됐잖아? 보나 마나 저 녀석이 그랬나 보네. 거기 뭐 별거 없어. 약초나 잎이나 버섯 뭐, 말린 천연 재료 들이 들어 있을 뿐이야. 다만 세 번째 서랍에는 동물의 털이 종류대로 분류되어 있고, 네 번째에는 동물의 기관이 또 종류별로 약품 처리되어 있어. 쟤는 아마 네가 보고 놀라 자빠질까 봐서 막은 걸 테니까 이해해라."

아무리 호기심 수치가 높게 올라가더라도 그런 종류는 별로 취향이 아니었기 때문에 나는 고개를 끄덕거렸다. 열어서는 안 되는(그러나 실은 꼭 열어야만 이야기가 전개되는) 운명의 문 따위가 아니라는 걸 알았으니까 불만은 없었다.

그는 벽난로를 마주 보고 있던 보랏빛 벨벳 소파를 내 쪽으로 돌려놓고 말했다.

"앉아."

앉아? 왜? 아니 그럴 만도 하다. 남의 방에서 계속 불안정하게 서서 오가는 것도 왠지 똥줄 타는 고양이처럼 보일 거고 실례다. 나는 불과 20분 전까지 내게 일어난 일을 잊은 채 그가 가리키는 대로 의자에 앉았다. 그러자 그가 내 앞으로 손바닥을 내밀었다.

"손."

"……?"

마치 강아지를 훈련시키면서 손 내놔 봐, 하는 것 같았다.

"손, 보자고. 다쳤잖아."

아, 그거. 그러나 그저 좀 긁힌 정도인데. 나는 파랑새의 날개가 긁은 손등을 앞으로 내밀었다. 깃털 가운데 뾰족한 톱니 같은 부분이 스치고 지나가 아주 조금 피가 맺혀 있었다.

그는 내 손등 위에 탈지면을 얹은 뒤, 실험대 위에 일렬로 꽂힌 시험관 가운데 왼쪽에서 일곱 번째 것을 집어 들어 서너 방울 떨어뜨렸다. 그의 손놀림은 설탕을 탄 미온수처럼 부드러웠다.

약품이 탈지면에 스며들자 손등이 따가웠다. 탈지면을 치우자 열감이 가시고 손등은 깨끗해져 있었다. 나는 이제 여기서 더 이상 어떤 일이 일어나도 놀라지 않을 준비가 되어 있었다.

그는 다른 탈지면을 집어 아까와 같은 과정을, 이번에는 내 터진 입술에 반복했다. 정신없어서 몰랐는데 배 선생의 결혼반지에 긁혀서 생긴 상처인 모양이다.

"그럼 이제 말할게. 경찰이 왔다 갔어."

나는 셔츠 앞으로 손을 조심스럽게 가져가 꾹 눌렀다. 아직도 배 선생에게 멱살이 잡힌 느낌이 남아 있었다. 눌러서 막지 않으면, 지금껏 가슴에 쌓아 올린 둑이 갈라져 걷잡을 수 없는 물길이 열릴 것만 같았다.

"중간 키에 고등학생쯤 되는 남자아이를 보았느냐고. 무리도 아니지. 아무래도 이 시간에 근처에는 이곳만 불이 켜져 있으니까, 한 번쯤 묻고 지나갈 수밖에. 너뿐만이 아니라 근처에서 술 먹고 패싸움 난 거, 차로 사람 받고 뺑소니친 거, 죄다들 와서 한 번씩은 묻고 가. 내 나름대로 자주 만나는 양반들이지. 그래서 못 봤다고 하는 게 더 수상해 보일 것 같아서, 비슷하게 생긴 애가 버스 정류장 지나서 더 아래쪽으로 갔다고만 해 두었어. 그 밖에 물어본 것은 특별히 없어."

"……고, 마워, 요."

"아마 다시는 같은 일로는 안 올 거야. 물어보면서도 상당히 귀찮다는 표정들이었거든. 그럼, 늦은 시간인데 이제 자. 아니면 배고파?"

말하면서 그는 그 부담스러워 보이는 침대를 가리켰다. 나는 고개를 저었다. 침대 장식도 영 취향이 아니었거니와, 도움을 받고 몸을 숨긴 주제에 방 주인의 잠자리까지 차지할 수는 없었다. 나는 복잡한 마법진이 그려지지 않은 쪽의 바닥을 가리키며, 그곳에서 칼잠을 자도 괜찮다는 의사를 표시했다.

그러자 그가 갑자기 내 양어깨를 붙들고는 강경하게 말했다.

"아니, 애들은 이 시간엔 잠을 제대로 자야 해! 그리고 나는 밤에 일을 많이 하기 때문에 네가 자는 둥 마는 둥 하고 문 너머에서 뒤척거리면 신경이 쓰여. 잠 오는 가루를 뿌려서 강제로 재울 수도 있지만 최대한 배려하는 거니까 내 말대로 해."

그리고 뒤에 이어지는 절망적인 말.

"자고, 내일 아침 먹고, 집으로 돌아가."

지속적인 피난처란 없다. 모르는 사람에게 언제까지 신세를 질 수도 없는 법이다. 그 정도는 알고 있었다. 무슨 일이 있었는지 솔직히 말한들 겉으로만 봐서는 타인의 집안싸움, 거기에 끼어들고 싶어 할 오지랖 넓은 사람은 흔치 않다. 그렇다면 내가 한 일은 뭐지, 단지 닥쳐올 고통을 조금

지연시킨 것뿐?

거미줄처럼 끈끈하고 질기게 두 다리를 감고 있던 긴장감이 빠져나갔다. 손에도 힘이 풀렸다. 가슴에 금이 갔다. 그 금이 벌어지더니 습하고 불쾌한 공기가 그 사이로 지나갔다. 물길이 눈으로 열렸다. 내 시선을 피하며 뒷짐만 졌던 아버지의 얼굴이 눈앞에서 소용돌이치다가, 그것이 내 멱살을 잡고 흔들던 배 선생의 손으로 바뀌다가, 왠지 조금은 죄책감을 느끼는 것처럼 보였던 무희의 눈으로. 아, 이런.

입술을 깨물었지만 흐느낌이 새어 나가는 걸 막을 길이 없었다.

"울어. 울면 좀 나아질 거다."

이미 참지 못하고 있는데 뭐.

"그러니까 소리 내도 된다고. 그보다 팔로 좀 가리지 말고 고개 들어 봐."

고개를 들자 그는 내 턱 밑에 투명한 유리 시험관을 갖다 대었다. 영문을 몰라 눈을 깜박이자 눈물이 또르르 굴러 턱 아래 시험관에 몇 방울 떨어졌다.

"뭐…… 해요?"

"애들의 눈물은 쓸데가 많단다."

누가 애라는 건데. 마법사로서 필요한 일을 하는 거겠지만, 프로 근성이 지나쳤다. 이런 경우 고개를 들면 상대방이 눈물을 닦을 휴지 한 장을 건네주는 것이 보통 아닌가?

"기뻐서 흘린 눈물…… 슬퍼서…… 화나서…… 감동해서…… 억울해서. 저마다 눈물의 성분이 조금씩 다르기 때문에 꽤 여러 종류의 약을 만들 수 있어. 미안하지만 고개를 좀."

그는 두 손가락으로 내 턱 끝을 잡고 이리저리 돌리며 눈물을 받았다. 혈액을 뽑아 가는 간호사와 같이 신속한 손놀림이었다. 심각한 나를 놀리는 기분도 들었지만 참으로 고맙게도, 어이가 없어서 눈물이 더 이상 나오지 않았다.

눈물 채취가 끝날 무렵 파랑새가 날아와 그의 어깨에 앉았다. 파랑새는 그에게 무어라고 말이라도 건네는 듯 그의 옆얼굴에 고개를 묻고 비볐다.

"얘가 네가 마음에 들었나 보다. 사정이 딱해 보이니 데리고 있어 주자고 그러네."

그랬지, 계산대 소녀가 점장보다 상대적으로 손님에게 친절하고 호의적이었던 것을 나는 기억해 냈다. 그는 어깨 위에 올라앉은 파랑새의 머리를 쓰다듬으며 말했다.

"그래도 안 돼. 자기 문제는 자기가 알아서 부딪칠 것. 운 좋으면 해결될 수도 있고 더 나빠질 수도 있겠지만. 지금 일시적으로 숨겨 준 건 그래도 단골손님이었기 때문이지 다른 뜻은 없어. 지금 숨으면 앞으로 다른 일이 생겨도 몸을 피하려고만 할걸."

그러자 파랑새는 그의 목덜미에 더욱 깊이 머리를 기대었다. 파랑새에게는 고마웠지만 그의 말이 맞을 것이다. 그러나 그렇다고 배 선생의 싸늘한 눈과 딴 데로 시선을 돌리는 아버지의 얼굴과 민중의 가정사에는 개입하고 싶지 않은 지팡이들의 난처한 표정이 기다리고 있을 집으로 돌아갈 용기가 당장 생기는 것은 아니었다. 적어도, 적어도 경찰이 이 일을 일반 가출 사건으로 분류하고, 배 선생의 흥분이 가라앉아서 내가 나 자신을 변호할 만한 시간을 벌기까지는. 적어도 내가 그런 짓을 하지 않았음을 증명하고 호소하는 장문의 편지라도 쓰기 전까지는. 말로 하기 시작하면, 입을 열기만 하면 나는 더 이상 뒤로 물러설 데가 없을 터였다.

알 수 없는 방식으로 파랑새와 대화를 나누던 그는 이윽고 결론을 내린 듯했다.

"……딴은 그것도 그러네. 적어도 스스로 부딪칠 수 있게 되기까지 조금의 유예 기간을 줄 수도 있지 않겠냐는 말이지. 귀찮은 일은 질색이지만 네가 그렇게까지 나온다면야. 뭐, 좋도록 해. 그 대신 이 녀석 식사라든지 잡일은 네가 챙겨줘. 너도 알다시피 난 어린애 보모 노릇엔 소질 없으니까."

파랑새가 고개를 끄덕이는 것을 보면서, 나는 지금 내게 필요한 것과 자존심 사이에서 고민했다. '귀찮은 일'이라든가 '어린애 보모' 같은 무신경한 말들이 심장을 거칠게 훑고 갔지만 그 또한 사실이었다. 누군가의 전적인 보호를 받아야 할 나이도 아니고, 그렇다고 해서 스스로 서기에는 자신감이 2프로 부족한 나이. 지구에서 가장 한심스러운 숫자 열여섯.

그렇다면 적어도 무조건적인 보호가 아니게끔 하면 되지 않을까? 내가 도울 수 있는 일은 없을까?

"……무, 무……슨, 일……이냐, 고는 안 물어, 보……네."

"물어볼 필요가 없으니까."

아, 그럴 법도 하다. 마법사란 으레 수정 구슬이나 마법 거울을 한 개씩 갖고 있게 마련이니까.(그런데 이 방에는 왜 그런 것이 보이지 않을까? 솥 안의 물이 거울을 대신하나?) 멀리서 일어나는 일을 훤히 들여다볼 수 있을 거다.

"그럼…… 다, 알, 고 있……는 거, 거예요?"

"천만에. 신도 초능력자도 아닌걸."

그 대답은 나의 기대를 조금 무너뜨렸다. 그는 채취한 눈물을 들고 실험대 앞으로 걸어가더니 조심스럽게 마개를 덮었다. 그런데 왜 안 물어봐?

"궁금하지도 않아. 인간의 일은."

아마도 그는 내 짐작이 맞는다면, 정말로 존재 이외의 존재거나 존재 이상의 존재라면, 아주아주 오랫동안 살아왔을 것이다. 그렇다면 세속의 인간사에 흥미가 없는 것도 무리가 아니다. 그는 내게서 등을 돌린 채 실험대를 향하고 서서 말을 이었다.

"궁금하지도 않지만 눈에 보이는 건 있지. 이 시간에 끈 풀린 운동화를 반쯤 꿰고 셔츠 단추는 뜯어진 채로 숨을 헐떡거리면서 가게 안으로 뛰어든 사람한테 그렇게 좋은 일이 있었을 것 같지는 않은데. 목둘레가 조금 빨갛게 부어 있고 입술이 터진 걸로 봐서는 누군가와 드잡이를 했을 거고, 동년배의 누군가가 때린 거라면 집으로 뛰어가면 될 것을 이리로 왔다면 십중팔구 집안사람이 그런 짓을 했거나 최소한 집이 안전하지 못하다는 얘기가 되겠고. 손등의 껍질이 벗어지거나 하지 않고 손톱 밑에 살비듬이나 털 한 올 없이 깨끗한 걸로 봐서는 저항하지도 못하고 맞기만 했을 테니, 그건 저항하기 어려운 윗사람이 그랬거나 그렇지 않으면 네가 싸움을 전혀 못한다는 거겠지. 그런데 한창 자라나는 나이대의 애가 거의 매일 저녁마다 우리 집에서 사 가는 빵의 양으로 봐서는 집에서 저녁을 먹지 않는 것 같고, 저녁을 준비하는 사람과 관계가 좋지 않거나 그럴 만한 사람이 아예 없거나. 결론은 집에서 가족한테 당하고 나오는 길이야. 거기까지만 알아도 충분한데 어째서 네가 그 가족과 사이가 나쁜 이유까지 물어야 하지?"

짧게 스쳐 가는 시간들 속에서, 계산대 너머 제빵실에서나 곧잘 눈이 마주쳤을 뿐인 그가 나를 이렇게까지 관찰했다니 절로 벌어진 입이 다물어지지 않았다. 직업을 바꿀 생각 없나?

"아무라도 그 정도는 보면 알아. ……하지만 뭐, 단골손님이니까 한 번이라도 더 보게 되는 건 있지."

파랑새는 다시 날아올라 뻐꾸기시계의 장식 위에 앉아서 고개를 숙였다. 처음부터 그 장식의 일부였던 듯.

그는 내게 초극세사 차렵이불 한 장과 약병 두 개를 던져 주었다.

"굳이 바닥에서 자고 싶으면 그렇게 해. 단 바닥에 그린 그림과는 멀리 떨어질 것. 여러 가지 정신 사나운 일이 많아서 잠이 안 온다면 약을 두 종류 먹어 봐. 거기 투명한 약은 잠 오는 약이고—수면제는 아니니까 안심해도 돼. 마음을 차분하게 가라앉혀 주는 것뿐이니까—보라색은 좋은 꿈을 꾸게 해 주는 거야. 꼭 좋은 꿈까지는 아니지만 적어도 몽마(夢魔)가 접근하지 못하게는 해 주지. 둘 다 허브 향이 나는 정도니까 물 없이 그냥 먹어도 돼."

"……왜 — 나, 나를 — 도와, 도와, 줘요?"

"도와 달라고 온 거 아니야? 하지 말까?"

"나, 나…… 말고, 다, 다른, 지나……가……는 누, 누구, 라도 — 이, 렇게…… 해, 주냐고요."

"말했듯이 단골손님의 특권. 가게 안에 들어온 사람은 많지만 오븐 속까지 들어온 건 네가 처음이야."

그의 말은 신랄하고 거침없었지만, 어깨를 덮은 차렵이불은 푹신한 데다 부드러웠고, 손안에 든 약병은 따뜻했다. 나는 이렇게 버려진 개처럼 어쩔 수 없이 주워져 부담만 줄 게 아니라 뭔가 진심으로 도움이 되고 싶었다. 그러나 뭐든지 스스로 척척 해낼 듯한 마법사에게 대체 나 같은 아이가 무슨 도움을 줄 수 있을까?

"그…… 나…… 나는……."

어떻게든 지금 이 잠자리가 공짜여서는 안 될 것 같고, 내가 그와 파랑새에게 어떻게 인사를 해야 하는지, 지금 아무것도 가진 게 없는 내가 무엇으로 답례를 할 수 있는지, 물어보기엔 입놀림이 너무나 더뎠다. 그런데 문득 그가 먼저 내게 제안했다.

"그렇지. 너 홈페이지 좀 만질 줄 알아?"

그렇게 해서 나는 그곳에 머무는 동안 위저드베이커리닷컴의 홈페이지를 관리하게 되었다.

"그 애를 조금도 미워하지 않았다고 말하면 거짓말이겠지요. 하지만 그럴 줄은 몰랐어요. 그 애가 그렇게 되길 바란 건 아닌걸요. 그저 조금 골탕을 먹이고 싶었을 뿐이에요."

진열장 옆에 놓인 둥그런 식탁에 앉아서 그녀는 흐느꼈다. 우리 고등학교와 이웃한 여고의 교복 차림이다. 그걸 보다 문득 떠오른 학교. 정말 아무 생각 없이 이 주일간 잊고 있었다.

무단결석 사흘째 되던 날 학교는 여름방학에 들어갔다. 그동안 발신 번호 표시가 되지 않는 가게 전화를 들어 세 번쯤 내 휴대 전화 번호를 눌러 보았다. 무희나 누군가가 받을까 싶어서였다. 그러나 배터리가 방전되었는지, 배 선생이 아예 꺼 버렸는지 곧바로 음성 안내로 넘어갔다.

쓸 일이라곤 거의 없었지만 휴대 전화는 갖고 있었더라면 좋았을걸. 도대체 그 상황에서 가지고 나올 수 있는 물건이라곤 없었다. 우연히 수중에 있던 건 언제라도 뛰쳐나갈 수 있도록 늘 바지 주머니 속에 넣어 두었던 집 열쇠뿐.(뛰쳐나가는데 열쇠가 왜 필요하지? 언제든 돌아올 곳을 염두에 두고 있으면서 뭐 하러 탈출을 꿈꾸지? 이 참을 수 없는 한계와 모순이라니.)

경찰이 다녀간 지 시일도 흐를 만큼 흘렀고 당분간은 안전할 것 같다는 판단 아래, 나는 점심시간마다 두어 시간쯤은 오븐 속의 방에서 나와 파랑새와 함께 계산대에 나와 앉아 있곤 했다. 그래도 아직 가끔은 제과점 문에서 딸랑거리는 풍경 소리가 날 때마다 흠칫 놀라곤 했다. 오늘도 문이 열리자 나는 반사적으로 계산대 아래로 엎드렸다. 양초와 폭죽 등 파티 소품이 놓인 유리 진열장 너머, 우리 학교 것이 아닌 교복 치마가 찰랑거리는 것을 보고 나서야 몸을 일으킨 것이었다.

온라인상에서 물건을 사고는 이런 식으로 오프라인으로 쳐들어오는 손님은 일주일에 한 번꼴로 나타났다. 그런 이들이 올 때마다 점장은 어딘가 귀찮아 보이거나 그렇지 않으면 화가 난 얼굴이었다. 매장의 평범한 롤케이크를 사 가는 손님들한테라고 해서 굽실거리며 웃는 낯이었던 적도 없긴 하지만, 클레임이 올 때는 왠지 모르게 자기 물건을 산 사람들에 대한 환멸이나 증오에 가까운 표정을 짓곤 했다.

"그래서 지금 와서 어쩌란 말이지? 그걸 필요로 해서 산 사람은 너야. 그런 결과를 얻은 건 물건이 철저하게 효과를 봤다는 뜻이겠지? 거기에 애프터서비스라도 해 달라고?"

그는 교복 쪽을 돌아보지도 않고 전자레인지에 큰 머그잔을 넣고는 작동 버튼을 눌렀다.

"그게 아니고요. 나는 이제 어떡하면 좋냐고 묻는 거잖아요. 이렇게까지 필요 이상으로 효과가 날 줄은 상상도 못 했단 말이에요. 필요 때문에 어울리긴 했지만 그렇게 나쁜 애는 아니었는데. 앞으로 남은 날들을 어떻게 살아가야 하죠? 그 애가 다시 돌아오지 않으면 나도 못 살 것 같아요."

점장은 희미한 조소를 입가에 머금다가 힘주어 내뱉었다.

"그럼 죽어. 왜 살아?"

"이봐 당신!"

교복이 소리치며 식탁을 밀치고 일어선 것과, 내가 나보다 머리 하나는 더 큰 그의 멱살을 잡아 벽에 밀어붙인 것은 거의 동시였다. 어떻게 그런 식으로 말할 수 있어. 당신이 한 일이 아니라 해서 함부로 남의 불행을 비웃어도 되는 거야? 나는 머릿속으로 말을 정리하고는 입을 천천히 열었다. 그러나 언제나 그렇듯이 머리에서 완성된 말은 한 음절씩 더듬더듬 혀끝에서 미끄러질 뿐이었다.

"어……떻…… 그, 그런……식……."

옆얼굴에 교복의 시선이 느껴졌다. 교복은 점장에 대한 당장의 분노보다도, 제삼자인 웬 남자애가 멱살만 기세 좋게 잡았다뿐 얼굴이 새빨개진 채 한마디도 제대로 못 하고 우물거리는 게 더욱 혐오스럽다는 얼굴로 바라보고 있었다.

나는 할 말을 잃었다. 그가 손님에게 어떻게 대하든 손님들이 떨어져 나가든 임시로 신세 지고 있는 내가 참견할 일은 아니었다. 파랑새가 말없이 내 옷깃을 잡아당겼다. 점장은 한숨을 쉬며 내 손을 잡아 살며시 떼었다.

"그래그래, 알았다. 너는 그만 진정해. 그리고 너는……."

그는 교복 쪽으로 손가락을 가리키며 말했다.

"잠깐 거기 다시 앉아. 하고 싶은 얘기가 있다면 들어 주기는 할 테니까."

땡 소리와 함께 전자레인지가 작동을 멈추었다. 교복이 앉은 자리의 식탁에 점장은 따뜻한 김이 올라오는 머그잔을 내려놓았다.

"마셔. 조금 진정될 거다. 혓바닥 데지 않게 조심하고."

데운 우유를 교복이 한 모금씩 마시는 동안 점장은 그 맞은편 의자에 앉아 기다려 주었다. 진작 그럴 거였으면서, 아무리 개념 상실한 손님이라도 고통과 불안을 호소하는 사람한테 안정을 되찾을 시간을 줄 생각이었으면서, 의도와

행동이 따로 놀기는.

교복이 온라인 숍에서 산 것이 바로 '악마의 시나몬 쿠키'였다. 기말고사 첫날 새벽에 주문을 외었고, 늘 부러워하며 따르면서도 결코 진심으로 좋아할 수는 없었던 친구에게 그걸 먹였다. 친구는 그다음 시간 시험에서 누가 봐도 눈에 띄는 복통에 시달리다가 결국 답안지를 한 칸씩 밀려 썼다.

학생부 기록에 반영되는 기말고사를 망친 것만도 충격이겠지만, 그보다 문제였던 건 답안지를 제출하던 순간 끝내 참지 못하고 일이 터져 버린 거였다. 순식간에 교실에 오물 냄새가 진동했고, 학생들뿐 아니라 감독 교사도 어찌할 바를 모르고 서 있다가 코를 싸쥐고는 답안지만 수거한 채 후다닥 자리를 떠 버렸다. 친구는 그 자리에서 일어나지 못한 채 절망적인 얼굴을 했고, 학생들은 수군거리며 그녀의 자리를 피해 책상을 옮겨 앉았다. 그녀의 둘레에 크고 넓은 원이 그려졌다.

몇몇이 참지 못하고 소리쳤다.

"보건실이든 화장실이든 가서 어떻게 할 일이지 왜 저러고 앉았담! 가만히 있다고 누가 모를 줄 아나 봐? 설마 그 상태로 나머지 시험까지 볼 생각은 아니겠지?"

보다 못한 반장이 친구를 일으켜 보건실에 토스하고 도

망치듯 떠나 버렸다. 지사제로 진정시키고 그녀는 교사용 화장실에서 찬물로 대충 씻을 수밖에 없었다. 윗도리는 교복 블라우스에 아랫도리는 맨몸에 체육복 바지만 입고서 시험을 속개했으나, 이미 다음 시간 시험은 시작된 지 20분이나 지나서 그다음 시간부터 입실이 허용되었다.

이렇게 두 과목 시험을 내리 망친 것은 둘째 치고, 그날로 이 소문이 전교에 퍼졌다. 친구는 이튿날부터 시험을 보러 등교하지 않았고, 시험 점수 중간 결과가 나오던 날 자기 방에서 텅 빈 약병과 함께 발견되었다고 한다.

우유를 반쯤 마시다 만 교복은 눈가를 훔치며 고개를 떨어뜨렸다. 점장은 팔짱을 끼고 다리를 꼰 채 가만히 마주 앉아 그녀가 울음을 그칠 때까지 기다렸다.

"밤마다 악몽에 시달려요……. 유심히 본 애들은 없겠지만, 쉬는 시간에 내가 그 애한테 과자를 주는 걸 누구라도 한 명쯤 보기는 봤을 거란 말이에요. 두 가지 일에 연관이 있다고 생각하기는 쉽지 않겠지만요."

교복이 말을 마치고 몇 분쯤 지나 점장은 탁자를 손가락으로 두어 번 두드렸다.

"얘기 다 했어? 미안하지만 이제 들어가 봐야 해서 말야. 악몽에 시달린다면 몽마가 접근하지 못하게 하는 젤리라도 만들어 줄 테니까 그걸로 계산 끝내자고."

"그런 거 말고요. 오빠는 마법사잖아요. 어떻게 안 돼요?"

"죽은 사람은 하느님도 못 살려 내. 그렇게 절박하면 하느님한테 직접 가서 알아봐."

말투나 내용이나 조금 전의 '죽어, 왜 살아?'와 거의 동급이었지만 교복은 이번에는 꾹 참는 듯했다.

"제발 어떻게 좀 해 주세요. 재미 반 호기심 반, 아이디어 숍에서 엽기 상품 사는 기분으로 산 거였어요. 이러려던 게 아니었어요."

"그렇게 둘러대기에는 제품을 사용한 시기가 좀 주도면밀하지 않아? 그런 목적이 아니면 과자 두 개에 구천 원, 게다가 배송비까지 삼천 원 얹어서 주고 살 사람이 어디 있어? 학생 용돈 참 넉넉하게 받나 봐. 칠성급 호텔 제과점에서 파는 수제 과자라도 그 정도는 안 하겠다. 이러려던 게 아니긴 뭐가."

"아니, 모르시는 말씀이에요. 호텔 가면 그보다 더 비싼 거 천지예요. 오빠가 아이템의 특수성에 비해서 많이 저렴하게 파는 거예요."

자기 나름 그를 추어올리려는 말이었겠지만 문제의 본질과는 무관한 소리에 점장은 진저리 난다는 듯 손을 내저었다.

"그런 얘기 듣고 싶지 않아. 오빠 같은 소름 끼치는 말도 필요 없고. 그럼 가격이 상대적으로 저렴하다고 치자. 누가 무슨 돈지랄을 하든 내 알 바 아니니까. 그렇게 값을 책정해서 네가 그걸 사다가 이용한 게 내 책임이라는 거야?"

"그런 뜻이 아니죠. 다만 위저드 베이커리에 여러 다른 아이템이 많잖아요. 그중에서 저한테 뭔가 도움 될 만한 게 없을까 여쭤보는 거죠."

그런 것이 설령 있다 한들, 이미 일어난 일 가운데 무엇에 도움이 되며 무엇을 돌이킬 수 있을까. 교복의 말에는 근본적인 무언가가 빠져 있었다. 저 애는 알아야 했다. 친구가 그렇게 되고 나서도, 스스로 슬픈 선택을 하면서도, 원망의 말을 남기지 않았다는 것을. 비록 모두 소화되어 버리고 과자가 뭔가 잘못됐다는 어떤 증거도 없어서 그러기도 했겠지만, 어쨌든 끝까지 저 애의 선의를 의심하지 않았다는 것을.

"……이 쿠키에 매겨진 별점이랑 사용 후기 안 봤어? 효과 백 프로인 거 안 봤어?"

"봤죠. 제품을 띄워 주려는 알바생들 댓글인 줄 알았죠."

"그럼 이것도 묻자. 사용 시 경고 사항 안 봤어?"

"모든 마법은 부메랑이 어쩌고 하는 거? 그것도 그냥 하는 소린 줄 알았죠. 그런 걸 진지하게 믿고 사는 애들이 몇 이나 될 거 같아요?"

—그는 한번 폭발하면 어떻게도 말릴 수가 없어. 되도록 얌전히 없는 듯이 지내. 매장에 나와 있는 빵이랑 컴퓨터 말고는 되도록 아무것도 건드리지 말고 쓸데없는 호기심을 보여서 그를 화나게 하지 마.

파랑새가 해 준 말을 떠올리자 나는 그가 당장이라도 교복의 머리 위로 머그잔을 뒤집을까 봐 조마조마했다.

덜컹, 접의자 미는 소리에 파랑새와 나는 둘 다 흠칫하여 고개를 들었다. 그가 일어나서 교복 손님을 차갑게 내려다보았다.

"관두자. 네가 쥐꼬리만큼이나마 반성하고 있으면 판에 박힌 위로라도 해 주려고 했는데, 도저히 그럴 마음이 나지 않아. 그리고 너 같은 애한테 추천해 줄 만한 물품도 없어. 있어도 안 팔아."

교복도 탁자를 밀치고 일어났다.

"아 진짜! 뭐 이런 거지 같은 놈의 가게가 다 있어. 물건만 팔면 끝이다 이거야?"

"너같이 최소한의 책임감도 없는 애한텐 이제 안 판다니까."

"두고 봐! 내가 과자를 그 애한테 주는 걸 봤다고 누군가 선생한테 일러바치기라도 하면 나는 여기 이름을 댈 테니까. 나만 망할 줄 알아?"

"좋을 대로."

교복이 찬바람을 일으키며 돌아서는데 점장이 불렀다.

"잠깐."

교복은 그럼 그렇지, 혹시라도 뭐 수가 있나 싶은 얼굴로 돌아보았다. 그러나 점장의 입에서 나온 것은 교복의 기대와는 다른 말이었다.

"……평생 죄의식으로 괴로워하면서 살아라. 비록 과실치사긴 하지만, 죽는 날까지 사람을 죽였다는 사실에서 벗어날 수 없을 거야. 여기까지는 양심이 조금이라도 있는 인간 같으면 보편적인 얘기고…… 너한테 하나만 더 추가하자면, 네가 저지른 일의 무게만큼 악몽을 꾸지 않고는 살 수 없을 거다. 잊을 만하면 꿈속에 그 애가 찾아올 거라고."

교복은 입술을 바들바들 떨다가 문을 밀치고 나갔다.

점장은 잠시 그 자리에 서서 요란하게 흔들리는 풍경을 바라보다가 한숨을 내쉬었다. 파랑새는 그에게서 되도록 멀리 떨어져서는 중얼거렸다.

"마지막 말은 굳이 할 필요 없었잖아요. 점장님이 말한 건 그대로 사실이 되어 버리는데……. 아, 물론 저 손님이 그래도 싸다는 건 인정하지만요, 오히려 그 때문에 더 악감정을 품고…… 경찰 방문이라도 받으면…….”

“너 나랑 살면서 경찰 조사 한두 번 받아 봐? 새삼스럽게. 신경 쓰지 마.”

점장은 피식 웃으며 대수롭지 않다는 듯 말하고는 나를 보며 턱짓을 했다.

“너는 이만 들어가 봐.”

나는 파랑새에게 눈인사를 하고는 그를 따라 제빵실 안으로 들어갔다.

오븐 문을 열고 그를 돌아보았다. 그의 손끝이 스치는 자리마다 굽기 직전의 새로운 빵 반죽이 차례대로 나타났고, 거대한 스테인리스 볼 속에서 베이킹파우더를 넣은 반죽이 부풀었다. 왼쪽의 오븐 문이 철컹 소리를 내면서 열리고, 격자무늬가 새겨진 와플이 더운 김을 뿜으며 조리대에 놓였다. 그 위에 눈부신 호박색 시럽이 끼얹어졌다.

달콤한 과자를 구워 내는 그의 표정은 조금도 달콤하지 않았고, 맛이나 향기로 치자면 오히려 스파이스 향신료의 매운맛에 가까워 보였다. 이걸 먹는 손님들의 행복한 표정을 생각하면 저도 모르게 미소가 떠올라요— 텔레비전에 나오는 파티시에들은 주어진 대본이라도 외듯 한결같이 말했다. 하지만 그가 손님들에게 주는 것은 등을 기대고 안주해도 좋은 행복이 아니라 무거운 책임감이었다.

입으로는 신경 쓰지 말라고 했지만 그의 뒷모습은 조금 쓸쓸해 보였다.

땅콩버터 맛 대보름빵

빵이라면 지긋지긋해.

유리문 앞을 지날 때 무심코 손을 넣어 본 교복 바지 주머니 속에서 오백 원짜리 동전 네 개가 만져졌다. 여섯 살 무렵의 그날, 서로 어깨를 밀치며 분주히 계단을 내려가는 대합실의 사람들 속에서 그랬듯이. 동전의 요철을 만지작거리며 나는 고개를 들어 제과점의 간판을 보았다.

이때는 제과점 남자의 정체를 몰랐을뿐더러 영문 흘림체로 적힌 가게 이름도 눈여겨보지 않았을 때였다. 그때 마침 헤이즐넛을 비롯하여 견과류 볶는 냄새가 코를 간질였을 뿐이다. 모든 강렬한 충동은 후각에서 비롯하지 않을까. 빵 냄새, 돈 냄새, 욕망의 냄새, 증오의 냄새.

문을 밀고 들어갔다. 거기서 파랑새와 그 너머 서 있던 점장을 처음 보았다.

라푼첼의 비듬과 고양이 혓바닥 얘기를 들은 뒤로도 이틀에 한 번쯤은 이 유리문을 열고 들어서곤 했다. 아파트 재개발 계획으로 인해 원래 있던 편의점 자리에 부동산이 들어선 이후, 나는 더욱 이곳에 일용할 양식을 의존했다. 어쨌든 집에서 저녁 식사라고 해 본 지가 수천 년은 되는 듯했다.

식빵이나 모닝 롤은 금방 지겨워졌다. 하지만 그 밖에도 이곳에는 골라 먹을 만한 수많은 빵들이 있었다. 다진 체리와 으깬 사과를 넣은 애플소스 케이크를 조각으로 나누어 팔았고, 달걀과 버터가 듬뿍 든 브리오슈가 있었다. 달지 않은 커피 롤 쿠키, 한 사람이 먹기 좋을 만큼 작게 만들어 파는 파운드케이크. 아몬드 크림을 샌딩하고 살구잼으로 코팅한 글라사테. 카스텔라와 조린 밤을 넣어 굳힌 마롱 푸딩. 껍질이 바삭바삭한 별 모양의 카이저 롤. 생크림과 피스타치오로 장식한 독일식 치즈크림 케이크. 캐러멜시럽을 넣은 감자를 속 재료로 쓴 이름 모를 빵까지, 돌아가며 이용할 수 있는 레퍼토리는 차고 넘쳤다. 언제나 주머니 사정이 그만큼 받쳐 주느냐가 문제였지만.

"빵 좋아하시나 봐요."

계산대 위에 돈을 올려놓을 때 이제 수없이 보아 얼굴이 익숙해진 푸른 셔츠의 소녀가 말을 걸었다. 단골손님에 대한 의례적인 한마디 인사.

나는 조금 망설이다가 그 아이의 손에서 빵 봉투를 낚아채고는 씹어뱉듯이 더듬거렸다.

"아, 아, 아니."

고개를 돌리고 문밖을 나서기 직전에 곁눈질로 본 것은 그 애가 고개를 갸우뚱하는 모습이었다. 그럼 왜 맨날 종류대로 빵을 사 가는데?라고 묻는 듯한 얼굴이었다.

빵이라면 지긋지긋해.

—용산, 용산행 열차가 들어오고 있습니다. 승객 여러분은 안전선 밖으로 한 걸음 물러나 주시기 바랍니다.

나는 여섯 살이었고, 그때까지 혼자서 전철이나 버스를 타 본 적이 없었다. 늘 옆에 엄마나 아버지가 함께였다. 따라서 혼자 오도카니 남겨진 청량리역이 사실은 집에서 열 정거장 남짓밖에 안 된다는 사실도 몰랐고, 뭣보다 그동안 표면적일지언정 안온한 가족의 보호 아래 있었기 때문에 집 주소를 외울 생각도 안 했으며, 이런 경우 누구에게 도움을 청해야 하는지에 대해서도 배우지 못했다. 어린이집에서 '불이 나면 119에 전화를 해요.' '수상한 사람이 쫓아오면 가까운 가게나 파출소로 들어가요.' '놀이공원에서 엄마 아빠의 손을 놓치면 안내 데스크로 가서 도와 달라고 해요.' 이런 얘기는 해 줬을지 몰라도, 엄마 아빠가 나를 버리고 가면 어떻게 해야 한다는 요령을 가르쳐 줬을 리 없다.

엄마와 아빠와 나, 우리 셋이 함께했던 어느 여름날에 백화점에서 나를 잃어버릴까 봐 내 손목에 채워 주었던 팔찌형 이름표의 감각이 아직도 남아 있었다. 투명한 비닐로 된 넓은 끈 속에 이름과 주소, 엄마 아빠의 전화번호가 적혀 있다고 했다. 나는 귀찮아서 떼어 버리고 싶었으나, 그것은 엄마 아빠만이 열 수 있는 특별한 단추 조작을 필요로 했다. 비닐과 피부 사이에서 미끄러지는 땀, 나중에 손목을 따라 둥그렇게 난 빨간 땀띠. 나는 손목을 벅벅 긁었고, 아빠는 애한테 이런 거 채우지 말고 옆에 딱 붙어서 감시나 잘하면 된다고 윽박질렀다. 엄마는 불쾌한 표정을 감추지 않고 이름표를 내다 버렸고, 그래서 이번에는 그게 없는 거였다. 이름표가 있었더라면, 이럴 때 누구든 붙잡고 손목만 보여 주면 집으로 돌아갈 수 있으리라는 걸 어렴풋이 알고 있었는데.

엄마는 화장실이 급하다고 했다. 나도 따라간다고 하자

엄마는 화장실이 개찰구 밖에 있고 둘 다 가려면 표를 다시 끊어야 하기 때문에 낭비라고 했다. 여기서 가만히 기다리고 있으면 10분 뒤에 온다고.

나는 아날로그시계를 제대로 읽을 줄 몰랐고, 10분이 얼마나 오랜 시간인지 가늠할 수 없었다. 추상적인 덩어리를 60개의 단위로 분절하는 촘촘하고도 오묘한 과거로부터의 약속을 이해하지 못했다. 역 플랫폼 전광판에서 빛나는 디지털시계의 숫자를 따로따로 읽을 줄 알았으나, 그 숫자들 사이에서 쌍점의 관계가 무엇을 가리키는지는 파악하지 못했다.

(아마도) 10분이 지났다.

기다리는 사람이 많은가 봐.

(어쩌면) 다시 10분이 지났다.

엄마 큰일 보나.

(틀림없이) 세 번째로 10분이 지났다고 생각될 무렵, 나는 머릿속에 의문 부호처럼 떠오르는 붉은 버튼을 눌러 몇몇 장면을 재생했다. 아무 설명도 없이 엄마의 손에 이끌려 이곳에 오기 전에, 집에서는 무슨 일이 있었지? 자세히 떠오르지 않았다.

조각조각 끊어지는 몇몇 일시 정지 영상들. 아빠의 컴퓨터 모니터를 들여다보며 뭔가를 마우스로 뒤적거리고 메신저 창을 열었다 닫았다 하던 엄마. 내가 치마를 잡아당기자 다급하게 모니터를 꺼 버리던 손가락 끝의 긴장. 누군가와 전화 통화를 하며 불안정하게 거실을 오락가락하던 엄마의 발걸음. 끝내 비명에 가까운 울음을 터뜨리고 마는 엄마. 아빠 엄마 사이에서 랠리에 실패한 공처럼 공중을 날아다니는 주전자와 유리잔. 화장대 위에 놓여 있던, 엄마 이름이 적혀 있는 하얀 약봉지. 그날 밤이 지나고 다음 날 늦은 오후가 되어도 눈을 뜨지 않는 엄마. 들이닥친 외할머니의 통곡과 함께, 엄마를 들것에 싣고 가던 사람들의 분주한 발놀림.

내가 조금만 더 똑똑했다면 오랜 시간 엄마의 부재가 무엇을 의미하는지를 깨닫고, 역무원에게 우리 가족 세 사람의 이름만 말하면 어쨌든 집을 찾아갈 수 있으리라는 사실을 알았을 터다. 그러나 거기까지 생각을 뻗치기에는 그곳은 너무나 시끄러웠고 넓었으며 낯설었다.

훗날 깨달은 사실이지만, 지상선 전철역인 데다 언제 끝날지 모를 무언가의 연결 공사를 하고 있어서 사방이 훤히 뚫린 옥외 플랫폼이었다. 열차도 가끔 가다 한 대씩 오는 정도라 나는 마음만 먹으면 이쪽에서 선로로 뛰어내려 저쪽 넓은 바깥까지 달려갈 수 있을 것만 같았다. 그러나 마음을 먹고 엉덩이를 일으키려 할 때마다 긴급 경고음같이 날카로운 벨소리가 울려 흠칫했다.

사실 망설임은 전철이 도착하니 안전선 밖으로 한 걸음 물러나 주시라는 소리 때문이라기보다는, 좀 더 본능적인 인지에서 비롯되었다. 나더러 여기서 꼼짝 말고 앉아 기다리라고 했던 엄마의 말.

나는 미련하게 거기 주황색 플라스틱 의자에 앉아 두 발을 흔들며 계속 기다렸다. 할 일이 없으니 심심했다. 열차는 끝없이 사람을 토해 냈고, 또 다른 사람들을 집어삼켰다. 반복—재생, 반복—재생. 그걸 보다 보니 시간 감각은 한없이 무디어져만 갔다.

열차가 들어올 때마다 회오리바람이 불었다. 시린 손을 점퍼 주머니에 넣었다.

집에서 나올 때 없었던 것들이 그 안에 들어 있었다. 이렇게 주머니가 불룩한데 어째서 나는 알아채지 못한 걸까?

왼쪽 주머니에 동전 몇 개와 여행용 휴지 팩. 오른쪽 주머니에 대보름빵 한 개. 얼마나 오래된 빵인지 알 수 없었으나, 비닐에 코팅되어 있었을 제과회사명이 거의 다 지워진 걸로 보아서는 슈퍼 구석에 오래도록 처박혀 모든 물건이 다 팔리고 가장 마지막에 남았을 법한 것이었다.

주머니에 잡힌 것들을 꺼내 보고 나서야 진실을 알았다. 기다리며 수십 대의 열차를 보내는 동안 처음에는 엄마가 잠깐만 다녀오려다 도중에 그날 그때처럼 쓰러져서 내게로 돌아오지 못하는 것일지도 모른다고 생각했더랬다. 오후가 되어도 눈을 뜨지 않는 엄마, 엄마 손을 붙잡은 외할머니의 눈물, 그런 것과 연관을 시켜서. 그러나 주머니에 든 것들은 이제 그만 막연한 기대나 희망에서 벗어나라고 내게 말했다. 엄마는 자기 의지로 사라졌다.

일단 여기는 어딜까? 역 이름이 적혀 있으니 청량리인 줄은 안다. 그러나 집에서 얼마나 멀리 떨어진 곳인지 알 수 없었다. 나는 왜 그전에 손목에 채운 비닐 끈의 주소를 눈여겨 읽어 두지 않았을까?

그때까지만 해도 집이란 언제나 그 자리에서 없어지지 않는 곳이었기 때문에 그럴 필요를 느끼지 못했다. 놀이터에서 집으로 돌아가기까지의 거리, 어린이집에서 셔틀버스를 타고 내린 다음부터 최소한의 방향 감각만 몸에 익혀 두면 닿을 수 있었던 곳. 엘리베이터 층수도 늘 누르던 곳만 누르면 되었기 때문에, 새삼스럽게 몇 층 몇 호인지를 말하려면 버벅거리고 마는 곳. 엘리베이터에서 내려 왼쪽으로 몇 번째 문이었는지를 셀 것도 없이 발걸음이 그것을 기억하고 있었던 곳.

그 익숙함에서 조금이라도 멀리 떨어뜨려 놓으면, 바늘코를 빠뜨린 털실처럼 엉켜 버려 시초도 가닥도 잡을 수 없게 되는 줄도 모르고.

“아가, 엄마 잃어버렸니?”

휴게용 의자 옆에 있는 작은 매점 부스 안에서 한 아줌마가, 바쁘게 델리만쥬를 구워 내느라고 내 얼굴은 보지도 않고서 말을 이었다.

“거기 앉아 있은 지 적어도 두 시간은 넘은 것 같은데. 아무리 사람들이 들고 나고 해도 어린애가 혼자 오래도록 있으면 눈에 띄는 법이거든. 게다가 이 아줌마는 장사를 하기 때문에 한번 본 사람의 얼굴은 웬만해선 안 잊어 먹어요.”

두 시간이 얼마나 오래된 것인지 나는 알지 못했다. 델리만쥬 아줌마는 계속했다.

“저기 계단 내려가면 바로 앞에 역무원 아저씨 있어. 가서 엄마 찾아 달라고 하면 방송을 내보내 주실 거야. 그렇게 해, 응?”

“잃어버린 거 아니에요!”

나는 플라스틱 의자에서 내려와 플랫폼 끝 쪽으로 걸어갔다. 만일 주머니에 손을 넣기 전에 그 말을 들었다면 두말

없이 역무실로 내려갔을 것이다. 그러나 지금은 아니었다. 나도 모르는 사이 주머니에 든 비상식량과 휴지가 모든 것을 말해 주고 있었다.

대보름빵은 헨젤과 그레텔이 나오는 그림책을 떠올리게 했다. 헨젤은 기지를 발휘해서 그레텔과 함께 집으로 돌아가지만, 그런 보람도 없이 한 번 더 숲에 버려졌다. 두 번째에는 방문이 잠겨 조약돌을 줍지 못했기 때문에 빵 조각을 뿌렸지만, 그 표지는 새들이 모두 쪼아 먹어 버렸지.

내가 돌아가도 마찬가지의 일이 생기지 말라는 법은 없었다. 두 번째라니, 생각만으로도 마음이 추워졌다.

무엇보다 엄마가 나를 떼어 놓고 간 이유부터 알아야 했다. 우리 집도 당장 내일 먹을 양식이 없어서 한 입이라도 줄여야 하나? 처음 어린이의 생각은 거기까지밖에 가닿지 않았다.

구체적이고 논리적인 생각으로 형상화되지는 않았지만 점점 어렴풋이 짐작되었다. 지금 내가 처한 상황과, 엄마의 화장대 위에 놓인 약봉지 사이에 어떤 상관관계가 있다는 것을. 엄마는 고칠 수 없는 큰 병에 걸렸을지 모른다. 그래서 나한테 병을 옮기지 않기 위해 내게는 비밀로 하고 여기다가 나를…….

집어치워.

플랫폼 끝 쪽의 휴게 의자로 옮겨 가 앉았다. 델리만쥬 앞에 있는 의자보다 한산하고 좋았으나 바람을 막아 줄 만한 구조물이 없었다. 거기 앉자 찬바람이 몸속을 훑고 스산한 허기가 온몸의 땀구멍마다 파고들었다.

바스락, 경쾌한 파열음을 내며 손가락 끝에서 빵 봉지가 찢어졌다. 점퍼 주머니 안에 모셔 두었던 빵은 그나마 바깥 공기보다는 덜 차가웠다.

보드랍고 폭신폭신한 빵 덩어리를, 떼어 내기 아까워 만지작거렸다. 그러다가 손을 타서 끝 부분이 조금 뜯어졌다. 그것을 입에 넣자 적당한 단맛과 함께 기분이 좋아졌다. 혀끝에 빵가루가 녹아들더니 죽처럼 풀어져 이윽고 흔적도 없이 사라졌다. 입 속에 남은 것은 단맛의 여운뿐. 그 여운이 가시기 전에 나는 재빨리 다음 조각을 가능한 한 작게 뜯어서 입술 사이로 비집어 넣었다.

나는 이것이 유일한 비상식량이라는 사실을 본능적으로 깨달았기 때문에, 될 수 있는 대로 아껴 먹어야 한다는 걸 알았다. 그러나 머리는 그렇게 알고 있는데 입 속에 맴도는 침과 손가락이 자꾸 배신을 때렸다. 한 번만 더, 딱 한 번만 더.

그렇게 뜯어 먹는 사이에 무언가 손에 미끈거리는 게 묻었다. 손가락을 빨아 보니 땅콩 맛이 났다. 둥근 대보름빵의 4분의 1 깊이나 먹었을 때 비로소 땅콩버터 크림이 처음 나온 것이었다. 최소 비용과 최대 효율 같은 말장난이라곤 전혀 모를 나이였지만, 나는 크림이 이제야 나온 것이 매우 부당한 일이라는 걸 직감했다.

중요한 것은 뒤늦게 저 깊은 곳에서 모습을 드러낸 땅콩버터가 감각을 일깨우고 본능에 시동을 걸었으며, 그때부터 내가 인정사정 보지 않고 단숨에 대보름빵을 해치워 버렸다는 사실이다. 아껴 먹고, 녹여 먹고, 조금씩 뜯어 먹고 하던 건 금세 잊어버리고 일단 한 입 크게 베어 물었다. 빵에 움푹한 자국을 남기며 깨끗한 원호가 그어졌다. 입 속에서 혀와 이가 침을 분비하고 그것이 빵가루와 크림 덩어리를 질퍽하게 뒤섞었다.

아, 이제는 아무래도 좋아.

그러나 찬바람 속에서 급하게 먹어 치운 대보름빵은, 껍질보다도 그 속에 들어 있던 기름 덩어리에 가까운 크림이 문제였겠지만, 속을 뒤집어 놓았다. 밤이 깊어 가고 막차가 사람들을 쏟아 놓을 때, 나는 무릎을 꿇고 앉아 소화되지 않은 젖은 빵 덩어리를 플랫폼 바닥에 걸쭉하게 토해 놓았다.

플랫폼에 내려선 승객 중 어떤 착한 사마리아인이 내가 좀 더 잘 토할 수 있게 붙잡아 등을 쳐 주었다. 나는 그 사마리아인의 손바닥에 등을 맡긴 채 꿀럭거리며 땅콩버터 크림까지 말끔히 토해 버렸다.

"엄마 어디 있니? 네 엄마! 꼬마야! 집이 어딘지 알아? 집!"

여러 사람의 목소리가 한꺼번에 귓속을 파고들었다. 순식간에 방향을 거꾸로 튼 연동 운동 때문에 정신을 잃기 직전까지 나는 세차게 고개를 가로저었다. 나한테 집이 있었는지, 아니면 그저 집이 있다고 믿고 있었던 건지 알 수 없지만 아무래도 그곳에 돌아가면 안 될 것 같아.

사마리아인들이 기절한 나를 역무실로 옮기고 떠난 뒤 내가 집에 돌아간 것은 믿을 수 없게도 일주일 뒤였다. 아빠 엄마와 내 이름을 알고 집이 서울 어딘가라는 것도 알아서 수소문의 범위가 매우 협소한데도 그랬다.

그러니까 어떻게 된 일이냐면 나는 그 상태로 역무실에서 만 하루를 내리 잤다. 역무원들은 내가 걱정이 되기는 했지만 토한 것 말고는 딱히 몸에 이상이 있어 보이지 않고, 그보다는 구급차를 부를 경우 역무원 가운데 누군가가 책임지고 신원 미상의 아이 뒤를 돌봐 줘야 할 것이 귀찮아서 손 놓고 있었던 모양이다. 버려진 아이를 주웠으니 어떻게든 경찰의 방문이나 성가신 호출을 받을 거고, 진술서도 써줘야 할 거고, 업무에 지장이 생기고. 그래서 일단 이불만 덮어 놓은 채 역무실에 내버려 두고 있었다 한다.

그런데 이튿날. 나를 데려다줬던 사마리아인들이 출근할 때 창문 너머로 아직도 내가 누워 있는 걸 발견하고 경악하여, 역무원들의 비도덕적 처사를 철도공사 게시판에 고발하겠다고 소리 지르며 싸웠다. 그들이 나를 빼내 와 위생병원 응급실에 데리고 가 주었다. 내가 깨어난 것은 나흘째 되던 날, 응급실에서 링거를 꽂은 채로였다.

병원에서는 보호자가 없는 귀찮은 아이를 마냥 이대로 떠맡을 수 없다고 사마리아인들과 다투었다. 나는 눈을 떴지만 이 상황을 어떻게 헤쳐 나가야 할지 몰라 의사가 묻는 말에 일단 모르는 척하고 대답하지 않았다. 그러자 병원 사람들은 설상가상으로 아이가 기억 상실에 실어증까지 걸린 모양이라며 머리를 싸맸다.

닷새째 되던 날, 사마리아인들이 사흘 치 병실 사용료와 각종 혈액 검사 및 촬영 비용을 지불하고 나를 경찰서까지 데려다주었다. 그들은 경찰에 나를 인계하며 무언가 서류를 작성하고 얘기를 나누었다.

"병원에서 돈을 안 내면 보내 주지 않겠다기에……. 하지만 아이 부모를 몰라서……. 미안하지만 우리도 아이를 계속 데리고 있을 수도 없고요……. 직장인이라 계속 이렇게 불려 다닐 수가 없어요."

그러자 경찰은 아이 부모를 찾으면 반드시 사례나 최소한 병원비라도 돌려받으실 수 있게 연락하겠다고 약속했다. 그들은 손사래를 치며, 그런 거 필요 없고 다 잊어버릴 테니 공연한 일로 불러내지만 말아 달라고 부탁했다.

"꼬마야, 이 형하고 누나한테 고맙다고 인사해야지. 이분들이 아니었으면 너는 죽었을지 몰라."

경찰의 말에 그들은 다시 고개를 흔들었다.

"이 아이가 지금 자기한테 무슨 일이 일어난 건지 상황이나 파악하겠어요? 그만두세요."

그래서 나는 입은 열지 않았지만 그들에게 허리를 깊이 숙였다. 그게 그 당시 내가 표현할 수 있는 최선의 감사였고 미안함이었다.

그들이 떠나자마자 입을 열기 시작하면 누가 봐도 이상하다고 여기겠지. 나는 침묵으로 일관했고 담당 순경이 시키는 대로 엄마, 아빠, 내 이름을 종이에 적었다. 다른 것은 무엇을 물어도 모른다는 뜻으로 고개만 가로저었다.

엄마 아빠는 둘 다 지나치게 흔한 이름이었다. 지금처럼 주민들의 신상 정보에 대한 전산화가 완벽하지 않았던 때라서, 이름과 사진을 그 자리에서 바로바로 연결하여 확인할 환경이 아니었다. 뭣보다 문제는 최근 일주일 사이로 들어온 6세 남아 실종 신고가 없다는 거였다. 경찰들은 동명이인들을 일일이 찾아 연락했다. 그러나 경찰이 할 일은 그것 말고도 너무나 많았다. 나를 담당한 경찰은 계속 이곳저곳에 호출당했고 나는 종종 혼자 간이 의자에 남겨졌으며, 인명 대조 작업은 흐름이 뚝뚝 끊어졌다.

마침내 아빠와 연락이 닿은 것은 그 이튿날이었다. 아이가 없어졌는데 실종 신고도 안 했느냐고 호통을 치는 경찰에게, 아빠는 애 엄마가 생사를 헤매고 있어 경황이 없었다고 변명했다.

아빠와 함께 돌아왔을 때 엄마는 집에 없었다. 아빠가 나를 데리고 간 곳은 또다시 병원이었다. 엄마는 며칠 전의 나처럼 팔에 링거를 꽂은 채 벽돌무늬의 하얀 천장만 올려다보고 있었다. 아빠가 말을 걸자 이쪽을 돌아보기는 했는데 내가 누군지 알아보지 못하는 것 같았다. 엄마는 정말 아파서 나를 잊어버렸나 보다는 생각이 퍼뜩 들었다.

링거 바늘을 꽂은 반대편 팔에는 병원 이름이 적힌 환자복 소매가 아무렇게나 구겨져 올라가 있어서 손목에 그어진 빨간 금이 도드라져 보였다. 내 눈길이 손목 쪽으로 가 있다는 걸 아빠가 눈치챘는지 말없이 엄마의 소매를 내려 주었다.

그 뒤로도 엄마는 한 달에 보름 정도는 거의 병원에서 살다시피 했고, 아빠는 엄마가 병에 걸렸으니까 엄마를 귀찮게 괴롭히지 말라고 나한테 말했다. 그래서 나는 그때부터 엄마와 전혀 얘기를 하지 않았다. 그것이 엄마를 건드리지 않는 길이고 따라서 돕는 일인 줄 알았다.

그 뒤로 엄마와 눈을 마주친 기억이 없었고, 어른들의 대화에서는 종종 '프로작'이니 '졸로푸트' 같은 수상쩍은 암호가 오고 갔다.

3개월 뒤의 어느 날, 어린이집에서 돌아와 보니 엄마가 또 없었다. 그 대신 낯모르는 아저씨들이 서너 명 와서 우리 집 구석구석을 사진으로 찍어 대고 있었다. 외할머니가 거실 구석에 정신을 잃고 누워 있었고, 집 안에서는 알 수 없는 지린내가 진동했으며, 천장의 샹들리에에는 아빠의 허리띠가 동그란 고리 모양으로 묶인 채 흔들리고 있었다.

저게 왜 저기 걸려 있지?

알 수 없었다. 분명한 건 엄마가 사라졌으나 내 몸은 집에 있었기에 나는 어디까지나 안도하고 있었다는 사실이다. 엄마가 없었음에도 나의 현실 자체는 달라진 게 없다는 느낌. 엄마의 껍데기와 사는 거나, 엄마가 없는 거나 뭐가 다른데.

몇 년이 지난 뒤 보름달 또는 대보름 아니면 정월대보름이라는 이름이 붙어 있는 여러 짝퉁 버전의 빵을 학교 매점에서 만날 수 있었지만, 그 찬바람 속에서 먹은 대보름빵과 같은 맛은 두 번 다시 찾을 수 없었다. 속이 뒤집혀 다 토해 버렸으면서도 그것이 그때까지 먹은 세상 모든 빵 가운데 제일 맛있었다고 기억되다니 참 역설적인 일이었다.

나는 정체를 알 수 없는 어떤 흔적을 찾아 딸기 크림이나 오렌지 크림이 함유된 쉰내 나는 싸구려 빵들을 지속적으로 섭렵했다. 그리고 그와 똑같은 맛을 찾는 데에 결국 실패하고 나서야 엄마의 영원한 부재를 실감했다.

"……아참, 빵 싫어한다고 했던가?"

지금 눈앞의 파랑새가, 내 앞에 놓인 빵 쟁반을 치우려는 몸짓을 하고 말했다. 나는 문득 고개를 들었다.

"이틀이 멀다 하고 우리 빵을 사 가는 단골손님이, 막상 빵을 좋아하느냐고 물어보니까 아니라고 그래서 나 얼마나 어이없었는데. 하지만 이제 네 사정을 알고 나니까 이해가 돼. 네가 빵을 좋아해서 사 간 게 아니라 단지 집에서 불편한 가족과 함께 저녁을 먹을 수 없었기 때문이라는 걸. 늘 같은 메뉴의 지겨움을 조금이라도 덜어 보려고 그렇게 여러 종류의 빵에 도전해 봤다는 걸."

나는 천천히 고개를 저었다. 물론 빵이란 내게 있어 진절머리 나는 과거와 현재를 동시에 불러일으키는 초강력 아이템이긴 하다. 그러나 이곳의 마법사가 만드는 빵이라면 좋아질 수도 있을 것만 같았다. 그의 빵에는, 잘못 사용하면 위험한 향신료이기는 하지만 과거와 현재 대신 미래가 들어 있기 때문이다.

체인 월넛 프레첼과 마지팬 부두 인형

파랑새는 낮 동안 인간이었다가 해가 지면 새 모습으로 돌아간다. 그래서 파랑새의 업무 종료 시간은 칼 같지 않다. 여름에는 좀 더 늦게까지 있다가 모습을 바꾸고, 비 오는 날이나 겨울에는 상대적으로 이른 시간부터 새가 된다.

그때부터 점장의 밤 업무는 시작된다. 그는 잠을 거의 자지 않는다. 낮 동안 홈페이지에 쌓인 주문을 처리하기 위해 밤에 재료를 가공하고 택배 포장을 한다. 그 일들은 주로 밤에 오븐 속의 방에서 이루어졌는데, 손님이 오면 풍경 소리를 듣고 다시 오븐에서 나와 제빵실 밖으로 나가서 맞이한다. 지금은 주문서 출력이나 단순 포장 업무는 수시로 내가 하고 있다.

그런 그에게 어째서 그처럼 호화로운 침대가 필요한가 하면, 한 달에 단 하루, 보름 되는 날에는 스물네 시간 꼬박 죽은 듯이 잠자기 때문이다. 그날 한 달 치 잠을 몰아서 자고, 가게 문은 하루 종일 닫혀 있으며, 파랑새는 사람 모습을 하고 쇼핑을 하거나 영화를 보는 등 휴일을 즐긴다.

기억을 돌이켜 보니 정말로 보름째 되던 날이면 가게 덧문이 내려져 있어 나는 빵을 사지 못한 채 등을 돌리곤 했더랬다. 보름달 아래 아무런 마법도 쓰지 못하고 시체처럼 깊이 잠드는 마법사라니. 마녀의 저주에 걸려 불완전체로 살아가야 하는 반요(半妖)나 늑대 인간처럼. 그는 오븐 속 방에서 하루 종일 자면서 무슨 꿈을 꿀까.

이번 보름이 되어 맞이한 휴일에 파랑새는 쇼핑을 나가지 않고 나와 함께 있어 주었다.

여름방학은 벌써 3주째로 접어들고 있었다. 이곳에서 더 오래 지체할 수 없다고 생각은 하면서도, 나는 선뜻 발걸음이 떨어지지 않았다. 일주일쯤 되었을 무렵

"아직도 마음 못 잡았냐?"

한마디 툭 던진 것 외에는 점장도 더 이상 내게 집에 언제 돌아갈 건지 채근하지 않았다.

그렇게 물었을 때 나는 '되도록 빠른 시간 내로 돌아갈게요'라고 말하기 위해 온 얼굴의 땀구멍에서 김이 솟도록 힘을 주고 한마디 한마디 떼어 놓았더랬다. 어찌어찌 간신히 '되도록 빠른'까지 말하자 그가 내 머리에 손을 얹고는 말했다.

"있고 싶을 때까지 있어도 돼."

처음부터 악의가 있다거나 나쁜 사람이 아닌 건 알고 있었다. 때때로 날카롭고 신경질적인 모습을 보였고 무신경한 말로 상처를 줄 때도 있었으나, 문득 어느 순간은 이쪽에서 애써 부탁하지 않아도 돌아봐 주거나 이해해 주곤 했다.

갓 구운 빵과 같은 온기가 혈관을 타고 번져 나갔다.

이러다가 눌러앉게 되어 버리면.

아니, 아니지. 그런 꿈같은 일이 내게 일어날 리가.

처음에는 분명 몸을 피하는 것이 목적이었지만, 지금은 조금만 더 이들을 들여다보고 싶은 마음이 컸다. 그가 굽는 빵의 결마다 사람들의 어떤 욕망이 배어 있는지, 그 위에 얹어 놓은 잼마다 어떤 악의가 끈적하게 매달려 있는지.

온라인으로 들어온 신규 주문을 접수하고 목록을 정리하다가 돌아보니, 운동장만 한 침대에서 점장은 굳이 차가운 벽에 이마를 붙이다시피 한 채 모로 누워 자고 있었다. 그의 옆에 코끼리를 올려놔도 자리가 남을 것 같았다.

"……불……편해…… 보여."

혼잣말로 중얼거리는데 파랑새가 내 어깨를 손가락으로 꾹 찔렀다. 파랑새는 손가락을 자기 입술에 대어 보이고는 나오라는 듯 손짓했다.

우리는 오븐 문을 열고 가게로 나갔다. 덧문을 내려 햇빛이 들지 않는 가게는 어둠침침했다.

"아주 예민한 성격이라서 수도꼭지에서 물 한 방울만 떨어져도 뒤척거려. 푹 자게 해 줘야 해. 안 그러면 그달 내내, 적어도 그 주 내내 신경질적이거든."

"하……지만…… 그, 그렇게……."

그런 자세로 깊이 잠들어 봤자, 일어나면 삭신이 쑤실 것 같은데.

"그렇게 불편한 모양으로 자는 건 몽마들의 습격을 되도록 피하기 위해서야. 한 달에 하루 자는데 파리 떼가 달라붙으면 싫잖아. 다른 사람의 몸에 결계를 치는 약은 만들 줄 아는데, 그게 자기 자신한테는 통하지 않거든. 너도 그동안 봐서 알겠지만 성격이 그렇게 둥글둥글한 편이 아니라서 그를 미워하고 노리는 것들이 많아. ……저런 모양새를 하고 있어도 웬만큼 잠들 수는 있어. 중간에 깨우지만 않으면 돼. 성질도 성질이지만 어설프게 자다 깨다 하면…… 잠자는 자세가 흐트러져서 몽마가 꿈의 급소를 찾아내기가 쉬워지거든. 그러면 악몽에 시달려, 밤새도록."

"그, 그럼, 주, 죽어?"

파랑새는 웃음소리를 죽이려고 키득거리며 손사래를 친다.

"평범한 사람 같으면 그럴 수도 있어. 일종의 쇼크사를 당할 텐데, 우리 점장님은 그렇게 될 만큼 약하지는 않고, 그래도 고통은 고스란히 겪는대……. 꿈을 꾸면서 자기도 모르게 죽여 달라고 소리칠 정도라고. 꿈에서 손목이라도 잘리면 깨고 나서도 그 자리가 생생하게 아플 정도래, 손목은 붙어 있지만. 나는 안 꿔 봐서 몰라. 하지만 보통 인간이 일상적으로 꾸어도 좋을 만한 게 아니라는 건 분명해."

그러면 그는 죽을 때까지 썩 개운치 않은 채로 수면 부족에 시달리면서 자기 목숨을 노리는 것들과 싸워야 한다는 뜻인가. 마법사란 참으로 고단한 삶이다. 그러나 그 정도 마법을 쓸 수 있는 사람이라면 굳이 이런 일을 하지 않고도 살아갈 수 있을 것 같은데, 어째서 사람들한테 마법을 제공하고 때로는 그것 때문에 욕을 먹으면서 살아야 할까.

"그건 있잖아, 마법사도 아닌 내가 이런 말 해도 될지 모르겠는데, 내가 이런 얘기 했다는 거 비밀이다. 물질계의 균형을 맞추기 위해서야."

파랑새의 말에 따르면 그랬다. 우주는 크게 물질과 비물질 두 가지로 이루어져 있는데, 세계 곳곳에서 과학으로는 설명할 수 없는 눈에 보이지 않는 힘이 비물질계를 변화시킨다. 그 주체는 주로 민속 신앙의 집행자들이나, 특정 종교를 따르는 사람들 또는 마법사나 주술사 들인데 간혹 평범한 일반인도 있다. 그런데 이 같은 변화는 사람(들)의 원망(願望)을 에너지로 하여 이루어지는 것이기 때문에, 눈에 보이지 않는 그 힘들이 쌓여서 커지면 조금씩 물질계에도 변형을 일으킨다는 것이다. 그것은 오랜 시간에 걸쳐 세계의 불안정으로 이어진다.

따라서 저편에서 누군가가 뒤틀어 놓은 물질계와 비물질계를, 이편에서 다른 힘으로 붙들거나 되돌려야 한다고. 세상의 마법사들은 모두 없어져 버리거나, 그렇게 되지 못할 바에는 모두가 함께 존재해야만 하는 딜레마를 안고 살아간다고. 그것은 사람들의 가슴속에서 소망과 원념이 자취를 감추지 않는 한—궁극적으로 인간이라는 존재가 남아 있는 한 계속되는 현상이라고.

"흔한 예를 들어 볼까. 평범한 인간 여자가 한 손으로 자동차를 들어 넘어뜨릴 수 없잖아? 사이드 브레이크가 풀려도 앞뒤 두 방향으로만 밀릴 뿐이고. 하지만 트럭 밑에 자기 아이가 깔리자 어머니가 트럭을 두 손으로 번쩍 들어 올렸다는 유의 이야기가 드물게 전해지지. 나중에 다시 들어 보라고 하면 들 수 있을까? 아마 불가능하겠지. 그 어머니가 순간적으로 터뜨렸던 힘은 어디에서 온 걸까. 아드레날린이 갑자기 폭발하더라도 그것이 감당할 수 있는 물리적 힘에는 한계가 있으니까. 사람들은 이렇게 한계에서 예외적으로 벗어나는 것들을 가리켜 기적이라고 하는데, 우리는 그 에너지가 비물질계에서 오는 것으로 간주하고 있어. 그런데 모든 사람이 아무 때고 이런 일을 할 수 있다면 물질계는 어떻게 되겠니."

확률 이론이 발달한다고 해서 그것이 우연이나 기적의 완전한 종말을 가져오지는 않는다. 어딘가에서 평소와 다른 어떤 힘이 발생하면, 그것과 일상성의 균형을 맞추기 위한 또 다른 유형의 힘이나 반대 극에 있는 힘이 한편에서 작용하여 지나치게 확산된 에너지의 흐름을 잡아당긴다. 그럼으로써 생성과 소멸의 논리를 유지해 나간다.

사라져야 할 무언가가 사라지지 않으면, 우주를 구성하는 원자의 힘이 그 사라짐을 대신할 것을 찾아낸다. 그리하여 규칙과 질서를 평균적으로 유지하고 신성에 가까운 궁극의 원리, 즉 본질과 기초에 변동이 없게 한다.

따라서 마법사로 살아가는 것은 그 자체가 숙명이자 일종의 업이며, 동화 속에서 보는 것처럼 행복한 꿈이나 즐거운 유희와는 거리가 멀다.

하지만 마법사에게…… 요컨대 우주를 지켜야 할 의무는 없는 거 아닌가? 물질의 이변이 어디서 일어나든, 그로 인해 물질계가 깨지고 비물질계가 뒤틀리며 지구가 블랙홀로 빨려 들어가든, 수수방관하고 있으면 안 돼? 이도 저도 다 끝장나 버리면 내 앞에 놓인 문제가 얼마나 작고 보잘것없는 것인지 알게 되련만.

"아쉽게도 마법사는 그런 삐딱한 노선을 타는 것 자체가 불가능해."

파랑새는 말했다. 마법사는 눈에 보이지 않는 우주의 모든 요소에 오감이 열려 있는 자. 양극성의 원리에 의해 하나의 힘은 그와 반대 극에 있는 다른 힘을 자석처럼 끌어당긴다는 거였다. 마법사는 그 자기장 안에서 생동하는 원자의 움직임까지 감지할 수 있다. 그리고 자기 자신도 우주를 구성하는 대원리에 종속된 한 개의 원자에 지나지 않음을 깨닫는다. 의지와 무관하게 누군가는 탄생하고 누군가는 흙으로 돌아가 분해되는 것처럼, 자신이 아무리 숙명을 거부해도 어느새 그것에 따라 움직이고 있음을.

무형의 의지라는 것이 자기 삶의 자리를 결정할 수만 있다면. 그럼 나는 처음부터 이곳에 들어올 일이 없었을 터다. 늘 강조했듯이 **나는 단지 거기 있었을 뿐인데.** 단지 거기 있었을 따름인 내게, 배 선생은 왜.

"숙명과 현상은 닭과 달걀의 관계와 같아. 모든 사람과 사물과 사건은 이유를 갖고 거기 있는 거라고들 해. 하지만 그의 생각은 달라. 아무런 목적도 의지도 없는 채로 우연히 거기 있었던 것들이 서로를 향해 손을 뻗으면서 그때부터 이유를 만들어 간다고 해. 그렇게 만들어진 이유들의 흩어짐이 대원리 또는 숙명을 이뤄. ……이건 그의 생각일 뿐이고 너는 나름대로 네 사정에 맞게 생각해. 그는 우주의 소리를 듣지만 실은 우주에 대해 다 알진 못하니까. 그걸 알면 진작 그의 육체와 영혼은 미립자 단위로 흩어져서, 존재도 비존재도 아닌 상태가 되지 않았을까."

그때였다. 바깥에서 덧문을 거칠게 두드리는 바람에 우주 만물의 법칙에 대한 우리의 고민은 거기서 중단되었다.

"계세요? 아무도 안 계시냐고요. 아 미치겠네."

덧문 밖에서 이런 소리가 들렸다. 파랑새와 나는 반사적으로 몸을 일으켰다.

"뭐야 이건. '이번 달 15일은 휴일입니다'? 정말 장난하나. 아무도 안에 안 계세요? 소리 나는데."

흔들리는 풍경 소리에 섞여 드는 여자 목소리. 배 선생이나, 나를 아는 사람 같지는 않았다.

파랑새가 나를 보며 고갯짓했다.

"들어가 있어. 무슨 일인지 모르겠지만 일단 열어 주고 얘기해야겠어. 더 큰 소리가 나서 점장이 깨는 것보다는 나으니까."

누가 왔을지 혹시 몰라 나는 제빵실에 숨고, 파랑새가 대신 나가 유리문과 덧문을 열었다.

"안녕하세요, 손님. 오늘은 보시다시피 영업을 하지 않습니다. 빵도 거의 다 떨어져서 어제 구운 것밖에 없네요."

계산대의 유리 진열대 너머로, 20대 중반의 여자가 파랑새의 어깨를 슬쩍 밀치며 안으로 들어서는 것이 보였다.

"빵 쪼가리나 사러 왔으면 이렇게 발품 팔고 문까지 두드렸겠어요? 여기 말고 빵집이 없는 줄 아나. 여러 말 할 거 없고 점장님 좀 봤으면 좋겠는데요."

"아쉽게도 점장님은 오늘 자리를 비우셨습니다. 가게 앞에 명시한 휴일이니까 당연히……. 온라인 숍에서 물건을 구매하신 손님이라면, 역시 홈페이지에도 휴일 날짜는 적혀 있거든요. 매월 첫째 날에 그달의 휴일을 공지 사항으로 눈에 잘 띄게 올려놓는데요."

"하지만 지금 이렇게 사람이 있는 건 뭔데요?"

"저는 잠시 청소하러 나왔을 뿐이에요. 먼 길 오셔서 죄송한데 부디 다음에 다시 방문해 주세요. 아니면 홈페이지 게시판에 문의 사항을 적어 주시면 최대한 빨리 처리해 드릴게요."

여자는 얼마 전 교복이 앉았던 그 자리에 가방을 털썩 내려놓고는 작정한 듯이 자리를 잡고 앉았다.

"지금 한시가 급해서. 전화 통화라도 했으면 좋겠는데."

"점장님은 댁에 안 계시고요, 휴대 전화도 없으세요. 양해 부탁드립니다."

"요즘 휴대 전화 없다는 얘길 누가 믿냐고요."

"기계에 구속받기를 선택하지 않는 것도 취향 나름이니까요. 일단 여기까지 걸음해 주셨는데 좀 앉아 쉬세요. 차라도 드시겠어요?"

파랑새는 생긋 웃고는 커피포트에 물을 올렸다. 점장을 깨우지 않기 위해서라면 그냥 등 떠밀어 보내는 게 아니라 이미 온 발걸음을 달래는 따뜻한 차 한잔이 필요하다고 느낀 것 같았다.

점장이 진짜로 화가 나면 어떻게 되는지 파랑새는 딱 한 번 보았다고 한다. 그가 주먹으로 벽을 한 대 쾅 치자 벽을 타고 순식간에 불이 번져 나갔고, 파랑새가 그의 팔에 매달릴 틈도 없이 옆 가게로 불길이 옮아 소방차가 출동했을 정도라 한다. 그러니까 손님들에게 딱딱하게 구는 정도는 일상적인 모습이라고. 그때는 무슨 일로 그렇게 불을 지를 만큼 뚜껑이 열렸는지 물으니까 파랑새는 웃음으로 대답을 얼버무렸다.

여자는 파랑새가 내온 커피를 한 모금 마시고는 말했다.

"그럼 여기서 일하시는 분이 처리해 주시면 되겠네. 지금 내가 아주 급해서요. 부두 인형 남은 거 있으면 지금 사겠다고."

아무래도 커피 향 정도로는 마음이 풀어지지 않을 모양이었다. 인터넷으로 주문하면 사흘 내에 도착할 부두 인형을 사러 일부러 찾아온 여자. 누구에게 그렇게 급히 저주를 걸 필요가 있는 걸까.

이곳에서 만드는 부두 인형은 흔히 생각하기 쉬운, 지푸라기로 엮은 사람의 형상과는 조금 달랐다. 사람 모습을 띠기는 하되 지점토 감촉이 나는 마지팬과 견과류, 드라제를 이용하여 세공한 어른 남자 손바닥 크기의 과자.

마지팬 속에는 여러 가지 색의 젤리로 인체의 장기를, 빼빼로 같은 긴 과자로 대략의 뼈대를 표현했다. 세공한 인체 앞면에는 칼집을 작게 넣어서, 저주를 내릴 대상의 머리카락이나 손톱을 넣을 수 있었다.

별점 평가란에 보면 저주의 완벽한 실현을 위하여 그걸 다 씹어 먹어 버렸다는 구매자도 있었는데, 먹기에는 쓰인 재료부터 너무 단 데다 대개는 찝찝한 기분이 들어 그렇게까지는 하지 않을 거다. 그러나 지금 찾아온 여자의 기세를 보면 씹어 먹고도 남을 것 같았다.

파랑새는 그 많은 제품 중 하필이면 그거냐는 듯 조금 난처한 웃음을 띠고는 말했다.

"부두 인형은 현재 재고가 없고요, 온라인 숍에서 주문해 주셔야 그때 만들기 시작합니다. 부두 인형뿐 아니라 모든 물건이 주문과 동시에 제작에 들어갑니다. 재고가 이리저리 굴러다녀서야 저주의 효과가 있겠습니까?"

"그러니까 지금 만들어 달라는 거잖아요. 여기서 일하면서 그거 못 해요?"

"그게, 저는 제자도 아니고 그냥 심부름꾼인걸요."

"그것 참 쓸모없는 심부름꾼이네. 이것도 안 된다 저것도 안 된다."

착하고 귀여운 파랑새가 곤란을 겪는데 나는 구석에서 진땀이나 흘리고 있으니 꼴사나운 일이고 사람 도리도 아니다. 이 상황에 말까지 더듬는 내가 나서 봤자 역효과가 나리라는 생각만 하고 있다니.

그때 어깨에 크고 따뜻한 손이 놓여 펄쩍 뛰었다. 고개를 들어 올려다보니 점장은 이미 잠에서 덜 깬 티가 조금도 나지 않는 눈으로 바깥을 바라보고 있었다.

"신체에 위해를 가하는 흑마법이니까 특히 조심해서 취급해야 한답니다. 저 같은 게 함부로 만들 수 있는 물건이 아니지요."

파랑새는 여전히 침착하게 손님을 상대하고 있었다.

"그러면 어쨌든 그걸 인터넷으로 주문하기만 하면, 거기 눈에 핀을 꽂으면 상대의 눈을 멀게 할 수 있는 거 맞지요? 심장에 꽂으면 심정지 오고."

"그 전에 우선 상대의 머리카락이나 손톱을 확보해서 인형 속에 채워 넣으셔야 하거든요. 그보다도…… 사람 잡는 부두 인형을 찾으시는 거라면 다른 데 가서 알아보시는 게 좋겠어요. 홈페이지에서 물품 설명란을 보셨겠지만, 저희 점장님은 항상 심장 부분은 비워 놓고 만드십니다. 아무리

원한이 깊어도 인간 개체를 완전히 말살하는 건 사람으로서 할 짓이 아니니까요."

"됐고요. 사람 하나 잡지도 못하면서 뭐가 부두 인형이고 흑마법이라는 건지."

"아, 시끄럽네. 뭡니까? 대체."

마침내 점장이 나가 계산대 앞에 섰다. 파랑새는 그가 기어이 깬 걸 보고 놀라서 입을 가렸다. 여자는 피식 웃으며 파랑새를 돌아보았다.

"이것들이 지금 쌍으로 사람 놀리나. 점장이 없어? 조그만 게 어디서 사기 치니?"

"그만."

점장이 목소리를 바꾸고 제지하자 여자는 멈칫했다.

"그 이상 그 앨 못살게 굴면 뒷일은 책임 못 져. 남의 가게에 쳐들어와서 민폐를 끼치는 게 어느 쪽인지 잘 생각해 보시고."

"……손님한테 협박하는 게 이 가게 특징이야?"

"그저 협박이라고만 생각한다면 어디 거기서 더 해 보시든가."

여자는 별수 없다는 듯 다시 자리에 앉으며 볼멘소리로 중얼거렸다.

"알았어요. 시끄럽게 군 건 미안한데 그만큼 급해서 그런 거니까 도와주세요."

점장은 아직 정신이 완전히 맑아지지는 않은 듯, 조금 사이를 두었다가 입을 열었다.

"……부두 인형이랬지? 그거 보통 일이 아니라서 한 개든 열 개든, 만들려면 꼬박 하루가 걸리는데 웬만하면 돌아가서 기다리는 게 좋을걸. 오늘은 내가 꼼짝도 못 하는 날이고, 서울 살면 모레 퀵서비스로 보내 줄 테니까. 단 착불이야."

여자는 갑자기 다급하게 매달리는 태도로 돌변했다.

"안 돼요. 모레는 너무 늦어요. 경찰이 놈을 벌써 풀어 줬단 말이에요. 또 집 주위에서 서성대고 있을지도 몰라요."

점장은 신경질적으로 대꾸했다.

"놈이 누군지는 모르지만 그럼 모레까지 거기 앉아서 기다리든가."

"그렇게 할게요. 그럼 해 주시는 거죠?"

여자는 뜻밖에 간단명료하게 수긍했다. 점장은 할 수 없다는 듯이 한숨을 쉬고는 계산대 옆에 꽂혀 있던 장부를 집어 넘겼다.

"이름과 연락처를 불러. 혹시나 해서 물어보는 건데 상대방의 머리카락이나 손톱은 확실히 갖고 있겠지?"

"물론이에요. 쥐어뜯은 직후에 아, 이거다 싶었으니까. 이름은……."

점장은 여자의 이름과 전화번호를 듣고 온라인 숍 회원의 명부를 뒤지더니 물었다.

"아이디 뒷부분이 혹시 28로 끝나고?"

"네, 맞아요. 동명이인이라도 있어요?"

"그게 아니라…… 4개월 전에 구매한 내역이 남아 있어서."

"네, 그쯤 되었을 거예요. 체인 월넛 프레첼."

"……내 짐작이 틀렸으면 좋겠지만, 혹시 그 프레첼을 먹인 상대한테 이번엔 부두 인형을 쓰겠다는 건 아니었으면 좋겠는데."

"맞는데요. 그게 뭐 잘못되었나요?"

여자는 고개를 갸우뚱거렸다. 점장은 철썩 소리가 나게 장부를 덮었다.

"그렇다면 이번 의뢰는 안 돼. 사람 갖고 장난치는 데에도 한계가 있어서."

"어째서요? 어째서 안 되죠? 어차피 당신네들 하는 일이란 게 다 사람의 몸과 마음을 갖고 장난치는 거 아닌가요? 그걸 이미 잘 이용했고, 이제 다른 걸 더 이용하겠다는데 그게 뭐가 문제인데요? 다 자기네가 팔아 놓고서 뭐는 되고 뭐는 안 되고, 이율배반 아닌가?"

물품명: 체인 월넛 프레첼 2개 1입 10,000원.

성분: 호두, 중력분, 드라이 이스트, 소금, 설탕, 물, 계핏가루, 소다, 올리브유, 그 밖에 특제 비밀 재료의 추출물.

상세 정보: 짝사랑하는 상대에게 먹이세요. 체질에 따라 유효 시간이 다르지만 평균 48시간 동안 당신에게서 눈을 뗄 수 없고 마음이 끌리게 될 것입니다. 자신에게 지극히 호감을 갖게 된 상대를 어떻게 요리해서 완전히 자기 것으로 만들지는 당신의 몫! 여기서 사랑을 쟁취하는 데 성공하면 사슬처럼 끊어지지 않는 단단한 인연을 갖게 됩니다.

사용 시 유의 사항: 사용 당일 새벽 5시경, 해 뜨기 전에 이 제품을 동쪽을 바라보게 놓아두고 이렇게 말하세요. "×××의 마음을 나 ○○○에게 단단하게 묶어 영원히 끊어지지 않게 도와주세요." 이 주문이 성공하면 눈에 보이지 않는 사슬이 서로의 심장을 단단히 묶어 버립니다. 이것을 사용함으로써 맺어진 인연은 함부로 끊을 수 없다는 점을 유의하시고, 상대가 정말로 자기에게 맞는 사람인지 진지하게 고민한 다음 선택해 주세요. 한번 묶인 사슬을 억지로 끊으려 하다가는 그것이 자신의 목을 감아 죄어 버린다는 걸 잊지 마세요.

종류를 불문하고 감정의 폭발적인 상승은 언제나 경계할 대상이다. 비이성적인 행위를 촉발하는 에너지의 출처는 대체로 욕망과 맥락이 닿아 있으니까. 고대부터의 모든 종교가 보여 줬듯이 극단적이고 끓는점이 낮은 사랑은 공격과 폭력을 부른다.

사람의 감정이 한 덩어리의 밀가루 반죽과 같다면. 나는 아직 누군가를 좋아해 본 적이 없지만 그럴 만한 사람이 설마라도 나타나면, 한 덩어리의 감정을 최대한 가늘고 길게 뽑을 거다. 솜씨 좋은 장인이 뽑아낸 면발만큼이나 가늘고 길게. 굵고 짧게 토막 나는 감정이라면 분노만으로도 충분해.

이 손님은 굵고 짧은 사랑을 한 모양이다. 첫눈에 마음에 든 상대에게 체인 월넛 프레첼을 선물한 뒤 접근에 성공. 그 감정의 유통 기한은 3개월. 참치 통조림만도 못한 사람의 감정.

흔하다면 흔한 얘기였다. 리더십 좋고 친화력 뛰어난 단과대 학생회장과 그를 따르는 집행부원 가운데 하나. 여자는 1년 뒤 집행부에서 물러나면서 열심히 취업 전선에 뛰어들어 보자는 인사와 함께 대수롭지 않다는 듯이, 커피 마셔요? 이거 같이 먹어요, 하고 남자에게 프레첼을 주었다. 그때까지만 해도 여자는 남자의 불우한 집안 환경보다는 그의 외향적인 성격과 미래를 믿었다고 한다.

남자는 청년 실업 시대의 전형적인 초상으로 남았는데, 애초부터 중산층 여자 친구에게 열등감을 느끼고 있기도 했다. 학생회장의 경력과 인맥으로 어떻게든 될 것 같았던 취업 자리는 두어 달 사이에 열 차례 남짓 무산됐다.

그때쯤 남자는 여자를 찍어 누르려 들고 구속하기 시작했다. 여자는 자기가 한 걸음 나선 사이 상대가 다섯 걸음을 다가오자 뒷걸음쳤다. 남자는 그만큼을 더 따라와 숨통을 죄었다. 나중 가서는 학원 강의 때문에 그의 전화를 세 번 놓치자 그가 여자의 전화기를 빼앗더니 저장된 모든 남자 동기들의 주소록을 지워 버리기에 이르렀다. 빼앗으려고 달려들자 남자는 여자를 밀어 넘어뜨리고, 여자가 몸을 일으키며 추스르는 틈에 이름만 남자라면 무조건 기록을 지워 나갔다. 그중에는 같은 학과 동기들뿐만 아니라 토익 학원의 강사, 학과 교수들도 있었으며 심지어는 이름만 남자 같은 여자 동기도 있었다. 분노를 넘어 두려움을 느낀 여자는 문자 메시지로 이별을 통보했다.

때마침 기말고사가 끝나고 방학이 되어, 여자는 이 주일쯤 외국에 사는 친척 집으로 떠났다가 돌아왔다. 여자의 귀국 일시를 어디서 알아냈는지 그가 인천공항에 나와 있었다. 그걸 외면하고 주차장으로 서둘러 무거운 트렁크를 끌고 가다가 여자는 머리채를 잡혔다. 그대로 바닥에 끌려갈 뻔한 걸 경비원들이 붙들었고, 그 틈을 타 도망쳤다. 그런 다음 집에 틀어박혀 있다가 오늘 집 주위를 살펴보고 나왔다는 거였다.

"이만하면 이유가 타당하지요? 내가 귀찮아서 상대를 버린 게 아니에요. 신변에 위험을 느꼈다고요. 자기 못나고 변변치 않은 걸 나더러 탓을 돌리면 어쩌냔 말이에요. 그 자식이 집은 지지리도 못살고 굴리는 차도 없고 학벌도 딸려 전망도 없어, 그런 계산적인 이유로 걷어찰 거였다면 처음부터 그런 자식한테 먹이겠다고 프레첼을 사지도 않았겠죠. 안 그래요? 한때 잠깐 눈이 멀어서 그 자식을 고른 거라면, 이제 그 자식의 눈을 멀게 해 주고 싶어요. 다시는 나를 보지 못하게."

상대에게 저주를 걸고자 하는 이유의 정당성 여부를 떠나서 그런 문제라면 여기보다는 왠지 경찰서에 찾아가는 게 번지수가 맞을 것 같았고, 아직 눈에 띄는 피해가 생기지 않았다는 이유로 보호받지 못할 것이 분명해서 그럴 수 없다고 한다면 개인적으로 경호원을 고용하는 게 빠를 것도 같았지만, 점장은 거기에는 별로 토를 달지 않았다.

"물론 사정이 딱하긴 하지만…… 무책임하다는 데에는 변함이 없지. 그러니까 처음부터 심사숙고하라고 물품 설명에 몇 번을 적어 두었잖아."

"언제나 옳은 답지만 고르면서 살아온 사람이 어디 있어요. 당신은 인생에서 한 번도 잘못된 선택을 한 적이 없나요?"

그때 순간적으로 점장의 얼굴에 미세한 표정 변화가 일어나는 걸 나는 알 수 있었다. 그 표정과, 언젠가 가게에 일어났다는 화재의 원인 사이에 관계가 있음을 어렴풋이 느꼈다. 잠깐 사이를 두었다가 그는 말했다.

"틀린 선택을 했다는 것 자체가 잘못이라는 게 아니야. 선택의 결과는 스스로 책임지라는 뜻이지. 그 선택의 결과까지 눈에 보이지 않는 힘에 의존하기 시작하면, 너의 선택은 더욱 돌이킬 수 없는 방향으로 나아갈 거란 말을 하는 거야. ……그리고 1년도 안 되는 사이에 동일한 사람에게 완전히 상극의 힘을 쓴다는 것도 문제야. 그로 인한 부작용이 반드시 너한테까지 미칠 테니까. 구체적인 예를 들면 이해가 빠를 것 같은데, 상대방의 눈이 먼다고 치면 너 또한 사고로든 다른 무엇으로든 적어도 한 눈 정도는 멀게 될 거라고 장담할 수 있어."

그는 보통 사람이 들으면 섬뜩할 얘기를 오늘의 메뉴 설명하듯이 했다. 여자는 잠깐 멈칫하다가 조금 떨리는 목소리로 말했다.

"……몸의 일부를 떼어 내야 거래가 가능하다는 거군요. 한 눈이라."

점장의 대답은 더욱 거침없고 신랄했다.

"편의상 한 눈을 얘기했는데, 일어날 수 있는 경우의 수는 무궁무진하고 그 종류도 일정치 않아. 한 눈이 될지 두 눈이 될지, 팔이나 다리 아니면 미래에 태어날 너의 아이가 될지. 우리의 일은 대개 동종 요법의 원리에 따라 일대일 대응을 이루지만, 그로 인해 네가 돌려받을 결과는 상대방이 받은 고통의 크기에 비례하기 때문에, 몸의 어느 부분인지가 중요한 게 아니야. 이유가 뭐가 됐든 남 못되게 하는 일이니까. 내가 무서워서, 그놈이 잘못했으니까, 그런 이유와 엮을 만한 물건은 아니라고. 이 정도 물건을 쓰려면 그 동기는 정확히 증오여야 하고. 그리고 증오는 대가를 치르고. 거기에 대한 마음의 준비는?"

미래에 태어날지 어떨지 모르는 아이에 대한 언급은 좀 심하지 않아? 하지만 동화 속에 나오는 특별한 존재들은 그 정도의 악의는 숨 쉬듯 드러내곤 했다. 실을 잣던 평범한 소녀는 왕궁으로부터 황금 실을 자아 내라는 명령을 받고, 황금 실을 하루 만에 대신 자아 준 요정은 네가 왕비가 되는 대신 태어날 아이를 달라고 하고, 덜커덕 약속을 해 버리는 소녀. 막상 인간이 아기를 낳고도 약속을 지키려 하지 않자, 요정은 꼭 세 번의 기회를 줄 테니 나의 이름을 알아맞혀 보라고……. 끝내는 스파이를 풀어 룸펠슈틸츠헨이라는 이름을 알아내고 황금 실과 왕관과 아이를 모두 차지하는 소녀. 인간 중심의 시선으로 보자면 더없는 해피 엔딩이지만, 미지의 힘을 가진 존재는 옛이야기 속에서 주로 손해를 본다.

여자는 말이 없었다.

"안 봐도 뻔해. 그런 준비가 됐을 턱이 없지. 그러니까 이번에야말로 신중하게 생각하고 조금은 현실적인 방법을 궁리하는 걸 권장한다고. ……내 말은 끝났어. 결심이 선 다음에 다시 오겠어?"

"……알았어요. 생각해 보고 다시 올게요."

그는 이미 등을 돌리고 가게 안쪽으로 반쯤 들어간 상태였다.

"영업 방해가 되기는 하지만, 생각이 정리될 때까지 그 작은 의자에 앉아 지내도 상관은 없어. 밤길이 위험하다고 했지?"

"위험이 없지는 않아요. 그래서 지금 집으로 돌아가기는 힘들 것 같네요. 집이 많이 멀기도 하고. 어떻게 해야 하나……. 뭐, 나온 김에 간만에 찜질방에 가려던 참이기도 했으니까 오늘은 거기서 자야겠네요."

오븐 속 방으로 다시 들어간 점장은 벽으로 돌아누웠다. 머리를 대기만 해도 스르르 눈이 감길 만큼 부드럽고 포근한 베개, 서걱거리며 스치는 소리조차 나지 않는 푹신한 이불이 있음에도, 몽마들의 공격을 피하기 위해 구석에서 모로 누워 자야 하는 사람. 한 달에 한 번이나마 유밀과처럼 바삭바삭하고 달콤한 잠 속에 깊이 빠지는 줄 알았으나, 실은 그조차도 최소한의 육체적 피로를 풀기 위한 선잠에 지나지 않았던 사람.

나는 꿈을 꾸지 못하는 그가 조금은 마음 아팠다. 그는 어쩌면, 인간들이 꾸는 꿈이란 그들만의 불필요한 환각제에 지나지 않는다고 냉소적으로 생각할지도 모르지만 말이다. 타인의 꿈속에서 어떤 상징과 배열을 읽어 내는 능력이 있으나, 그 꿈을 자기 것으로는 할 수 없는 사람. 우리가 꿈이나 환상이라고 치부하는 것들이 그에게는 모두 명백한 현실일 테니.

때로는 한심하거나 어리석기까지 하지만 그것밖에는 선택할 수 없는 남들의 바람을 이루어지게 도와주면서, 정작 자기 자신은 소원이 없는 사람. 남들의 감사만 받아도 모자랄 마당에 뜻밖의 뒤틀린 결과 때문에 비난을 받아야 하는 사람.

사람들은 탓할 상대가 있어서 마음이나마 편해질까.

'당신이 그런 수상쩍은 물건을 만들었기 때문에, 처음부터 존재하지 않았다면 손대지도 않았을 금기를…….'

그녀가 결심을 굳히고 돌아오면, 무엇이 될지 모르는 자기 신체 또는 영혼의 어느 부분을 제물로 내놓겠다고 약속하면, 그러면 당신은 그녀에게 부두 인형을 만들어 줄 거야?

"……다신 안 와."

등을 돌린 채로 그가 중얼거렸다. 자는 거 아니었어?

"못 오지. 인간의 몸이 그 자체가 우주라지만, 사랑을 위해서조차 내놓기에 턱없이 작고 모자라. 그런데 고작 증오를 위해 내놓을 수 있을 리가 없지."

하지만 오늘 왔던 손님은 그래도 사정이 있고 안됐다 싶은데 말이다.

"자연은 의도니 사연 따위 헤아려 주지 않아. 그리고 나는 모든 우발을 통제할 수 없고, 흘러가는 대로 방관해야 할 때가 더 많아. 설령 누군가에게는 최악의 결과가 올 것이 빤히 보이는데도 회피하도록 도와줄 수 없는 일이 있고."

그 말 속에서 잔혹한 무력감이 드러났다. 다시 졸음 속으로 묻혀 가는 듯 그의 목소리는 피아니시모로 점점 작게 잠겼다.

"이런 일을 하고 있는 내가 할 말은 아니지만…… 너는 행여나 쓸데없는 짓 하지 마라."

그의 어깨의 움직임이 숨소리에 따라 고르게 분포되는 것을 확인한 뒤 나는 다시 가게로 올라갔다.

불 꺼진 가게에서는 눈앞에 아무것도 보이지 않았으며 그 대신 풍부하고 따뜻한 냄새만이 코끝을 간질였다. 이렇게 감미로운 냄새로 가득 찬 공간이, 실은 남을 돕기도 하지만 또 다른 누군가를 망가뜨리기도 하는 그 무엇을 만드는 공간이라는 사실에, 점점 실감이 더해지고 있었다.

계산대 앞에 앉아 손을 올려놓았을 때 매끄러운 멜라민 접시가 만져졌다. 그 위에는 가끔 물건을 기다리는 손님들을 위해 놔둔 작은 드롭스들이 있었다. 손가락이 닿자 드롭스 봉지들은 서로 맞닿아 바스락거렸다.

조심스럽게 그중 한 개의 봉지를 찢었다. 입 속에 밀려드는 적당하고 완벽한 둥글기와 레몬 맛.

지금 사람들이 마법의 과자를 절실히 원하는 건 당장의 물리적이고 물질적인 필요보다는 대체로 추상적이고 감정적인 문제 때문. 과열된 감정은 눈에 보이지 않기 때문에 수소를 가득 담은 풍선만큼이나 끝없이 상승할 수 있다. 감정과 풍선의 공통점은 비가시권의 높이에서 제풀에 폭발해 버린다는 것.

그에 비하면 현실이란 그넷줄이나 위로 튀어 오르는 공과 같이 얼마나 건조하고 절망적인지. 언제나 눈에 보이는 곳까지밖에 오르지 못하며, 땅이 잡아당기는 힘을 뿌리치지 못하고 다시 내려오니까.

지금의 나는 마법사네 빵 가게라는 안전한 결계 속에서 땅에 떨어지기를 거부하고 있다. 이곳에 평생 머물 수 없고 언젠가는 내려와야 하는 걸 아는데. 내가 움직이지 않으면 아무것도 바뀌지 않는데. 알고는 있다. 내가 집으로 돌아가야 싸움의 끝을 볼 수 있고, 아버지 또는 배 선생과 삼자대면을 해야 할 것이며, 그동안 배 선생이 어떤 조치를 취했느냐에 따라 약간의 복잡한 조사를 받을지도 모른다는 걸. 그리고 이 가족이라는 명분과 틀을 지키기 위해서 나는 영문도 모른 채 잘못을 빌어야 할 것임을. 그런데 배 선생이 그때까지 나에 대해 오해를 하고 있다면, 과연 나의 아버지와 결혼 생활을 유지하려고는 할지 의문이었다.

그래도 이 모든 일에서 피해 갈 수는 없다는 것을.

흘러가는 대로, 일어나도록 둘 수밖에 없는 일이 있어.

현실은 쓴데 입 속은 달다.

허브 스파에 큰불이 일어나서 이용객과 직원을 비롯한 20여 명이 연기를 흡입하고 그중 여성 1명이 화상을 입었으며 방화 용의자인 27세 김 모 씨가 체포되었다는 기사는 그다음 날 뉴스에 나왔다. 김 모 씨는 화상을 입은 여성과 연인 관계라고 했으나, 여성은 이를 강력히 부인했다 한다. 그 여성은 충격으로 인한 가벼운 착란을 보이고 있다고 한다.

몽마의 습격

이것은 그날 밤에서 새벽 사이에 있었던 일이다. 예민한 점장이 잠에서 깨어 부두 인형을 만들어 달라던 손님과 실랑이를 벌이고 난 뒤 다시 잠들고 나서 생긴 일.

드롭스가 혀끝에서 다 녹아 사라졌을 때쯤, 나도 다시 제자리로 돌아와 잠이 들었다. 나의 제자리는 언제나 바닥. 점장이 자신은 거의 쓰지 않는 침대에서 자도 좋다고 했지만 나는 몇 주일 내내 바닥을 고집해 왔다.

사실 이왕 염치없이 신세 지는 거 굳이 불편한 장소를 고수할 필요는 없었다. 그러나 나는 그 호화로운 침대 다리와 몸체에 양각된 수많은 기하학무늬와, 솜사탕 같은 이불이 낯설었으며 거기에만큼은 몸을 의탁하고 싶지 않았다. 초극세사 공단으로 된 이불이 몸을 감으면 나는 그곳이 세상의 끝인 양 착각하며 어디로도 돌아가고 싶지 않아질 거였다. 마음까지 감싸여 내가 어디에서 왔는지조차 잊어버릴지도.

그날도 실험용 액체가 보글보글 끓는 실험대 옆에 누워 한뎃잠을 자고 있었다. 문득 잠결에 파랑새의 날갯소리가 들렸다. 그 푸드덕 소리가 왠지 갈퀴질처럼 거칠고 날카로웠다.

무슨 일이 있나. 눈을 비비며 윗몸을 일으켜 앉았다.

플라스크 속 액체들의 발광이 군데군데 베어 낸 어둠 속에 한 소녀가 보였다.

파랑새? ……아니 파랑새는 지금 새잖아. 게다가 파랑새와는 생김생김이 좀 달랐다. 지옥을 흐르는 강만큼 긴 검은 머리를, 분명 이 세상 것으로는 보이지 않는 눈부신 은실로 짠 두건이 휘감고 있었다. 흰 눈처럼 창백한 얼굴. 그 얼굴 아래는 같은 은실 드레스에 감싸여 있었다.

소녀의 얼굴은 삶과 삶 아닌 것, 현실과 현실 아닌 것 사이의 경계에 모호하게 자리를 잡은 모습이었다. 또한 증오보다는 희롱이나 짓궂음이 담긴 미소를 띠고 있었다. 그것과 눈이 마주쳤다.

누구?

이런 한밤중에 오븐 속 세계로 신규 멤버가 영입되었을 것 같지는 않았다. 게다가 파랑새는 초조하게 날갯짓을 하며 소녀의 주위를 맴돌았다. 소녀를 날개로 후려치거나 부리로 찍고 싶은 모양인데, 찬란하다 할 만큼 어두운 그 몸에는 깃털 하나조차 닿지 않았다. 손 내밀어도 만질 수 없는 엑토플라즘이 이룬 사람의 형상이었다.

설상가상으로 그 소녀는 침대에, 점장의 배 위에 걸터앉아 있었다. 점장은 어느새 몸이 천장을 바라본 자세로 똑바로 눕혀져 있었고, 머리를 제외한 목부터 발끝까지 전근대적인 교도소에서 쓰였을 법한 쇠사슬에 감겨 있었다. 그것이 살을 조이고 파고들어 목과 팔 곳곳에 피가 배어 나오는 것이 어스름 속에서도 보였다. 게다가 그것은 충분히 불에 달구어진 듯, 뜨거운 쇳내와 함께 휘감긴 살이 익는 냄새가 났다. 피어올라 허공으로 스며드는 연기까지 볼 수 있었다.

붉고 푸른 다족의 절지동물들이 사슬의 고리마다 매달려서는 잔털들을 곤두세우며 꿈틀거렸다. 그가 고개를 돌리지도 못한 채로 허공에 침을 뱉자 피비린내가 코를 적셨다.

"무…… 무…… 무슨……."

이건 꿈이다. 나는 꿈속에서 소녀와 파랑새와 결박당한 점장을 보고 있는 거다. 꿈이 아니고서야 내가,

"무슨 짓이야! 그만둬!"

아무리 다급하다지만 이렇게 망설이거나 주춤거리지 않고 소리칠 수 있을 리가 없잖아.

나는 침대로 뛰어올라 이불을 휘둘러 벌레들을 떨쳐 내려고 했다. 그러나 이불자락은 무익하게 그들의 몸을 가르고 지나갔다. 이번에는 점장의 몸을 휘감고 있는 쇠사슬을 어떻게든 해 보려 했다. 눈에는 분명히 보이는 벌레도 사슬도 손에는 만져지지 않았다. 그러는 동안에도 사슬은 점점 그의 목을 세게 죄어들고 있었다. 그는 정신을 잃은 것처럼 보였다.

느긋하게 다리까지 꼬아 앉은 소녀는 또다시 희미하게 비웃음을 띠었다.

"저리, 저리 좀 비켜! 이 사람 죽겠어!"

나는 소녀를 향해 손을 휘둘렀으나 손은 역시 허공에 사선을 그을 뿐이었다.

"쓸데없는 짓 하지 마세요. 죽지는 않으니까. 단지 죽음보다 힘든 고통을 겪을 뿐."

이윽고 소녀가 입을 열었다. 나는 소녀를 노려보았다. 이

건 꿈이야. 꿈이고말고. 그러지 않고서야 내가 이렇게 멀쩡하게 말할 리가 없잖아.

"그건 무슨 헛소리야? 어서 이거 풀어 줘."

"그러니까 소용없다고 했지요. 이건 내가 한 게 아니라 그 자신이 한 일입니다."

"이 사람이 왜 자기한테 이런 짓을 한다는 거지? 대체 넌 누구야?"

"이미 눈치채지 않았나요……. 지금 눈앞에 보이는 건 그를 속박하는 꿈속의 이미지입니다. 나는 다만 그 이미지가 좀 더 살아 움직이도록 도울 뿐이에요."

몽마다.

어둠의 냄새를 피우며 사람의 꿈을 악의의 에너지로 삼는 존재. 원래 섬뜩하게 생겼지만 꿈속에 나타날 때는 미모로 찾아든다고 하지. 그러면 지금 내가 보고 있는 소녀는 역시 꿈일까. 꿈과 현실의 경계조차 구분할 수 없었다. 꿈속의 꿈과도 같은 느낌.

그런데 어째서 그가 몽마의 습격을 받게 됐을까.

"이분한테는 평소부터 유감이 많았어요. 이분 덕에 내가 수거할 수 있는 인간의 꿈이 반은 줄어들었으니까요. 보름날마다 이분께 악몽을 선사하려 오래전부터 기회를 노리고 있었답니다. 내 손님을 뺏어 갔으면 대가를 치르는 게 상도잖아요……. 그런데 마침 오늘 잠든 자세가 무방비하게 흐트러져 있어서 내가 실례했지요. 잠을 무척 설친 모양이에요."

그렇구나. 가게에서 일어났던 소란 때문에 잠을 깊이 못 자고 깨어 움직였지. 그의 눈가에 깊은 주름이 가 있었다. 턱 밑까지 차올라 감긴 사슬 때문에 신음 소리도 못 내는 모양이다. 사슬을 감고 있던 푸른 절지동물들은 그가 꾸는 악몽의 크기만큼 수가 불어나 허기진 몸짓으로 그의 얼굴까지 타고 오르기 시작했다.

몽마가 말했다.

"인간은 이쪽 일에 끼어들지 않는 게 좋아요. 이분은 나보다 힘 있는 분이라 보통 인간처럼 후유증이 오래가지 않는답니다. 물론…… 꿈속에서는 조금 많이 괴롭겠지만요. 내게 그 정도 권리는 있어요."

그러면서 몽마는 그때까지도 옆을 맴돌며 푸드덕거리는 파랑새를 향해 손가락질했다.

"저것이 몹시 시끄럽게 굴어 내 즐거움을 방해하는군요. 이 시간을 되도록 오래 즐기려면 저것부터 손봐 줘야겠어요."

"그건 안 돼. 손대지 마. ……그리고 이 사람 놔줘."

"잠든 사람에게 손대는 것이 나의 일이고 즐거움인걸요.

깨어나면 언제 피를 흘렸는지도 모르게 되고요."

"놔 달라고. 상처가 남지 않는다 해도 내가 보고 있잖아. 난 두고 볼 수 없어. 나는 지금 이 사람한테 신세를 지고 있어. 이 사람이 눈 뜨고 있는 동안 현실에서도 얼마나 많이 갈등과 고민을 겪는지 난 봤어. 한 달에 하루밖에 잠들지 못하는 사람이야. 조금이라도 편하게 자게 해 주면 안 될까?"

그 순간, 내가 잡을 수 없는 손이 내 멱살을 잡아끌었다. 넘치는 즐거움에 조소와 악의로 타오르는 몽마의 눈동자가 코앞에 다가와 있었다.

"이분한테 원한 품은 친구들이 수백도 넘어요. 내가 꽁지가 빠지도록 부지런히 드나들어 이런 기회를 독차지한 것일 뿐. 이분 대신 악몽을 꾸어 줄 게 아니면 입 다물고 구경이나 하세요."

"그럴게."

그 순간 내 의지가 꿈과 꿈 아닌 것의 경계면 사이로 내 몸을 떠민 걸까? 어느새 나는 영원히 닿을 수 없을 것 같던 그녀의 손목을 양손으로 쥐고 있었다. 상대도 그걸 보고 입술이 조금 흔들렸다. 평생 한 번도 누군가의 손아귀에 붙들려 본 일이 없다는 표정이었다.

"한다고. 네가 나한테 오면 되는 거지?"

악몽이 어떤 건지 구체적으로 몰라서 그랬지만, 설령 알았더라도 나는 같은 선택을 할 것 같았다. 나로선 다만 내가 받은 도움의 발끝에도 못 미친다 한들 갚고 싶은 마음이 앞섰다. 언젠가 몽마가 다시 그를 노린다 해도, 그것이 지금이어서는 안 되었다. 내가 있는 동안이어서는 안 되었다.

"그런 부탁을…… 고생을 사서 하려는 인간은 처음이네요."

몽마가 미소를 다시 머금었을 때 드러난 송곳니가 순간적으로 어둠을 깨물었다. 독수리의 발톱이 가슴을 할퀴는 느낌과 함께 나는 어깨가 떠밀려 바닥에 떨어졌다. 등허리에 고통이 작렬하고 쿵 소리가 방 전체를 울렸다. 그녀가 내 몸 위에 올라타 한 손으로 목을 눌렀다. 그리고 내 이마에 자기 이마가 거의 닿을 만큼 가까이서 내려다보며 차가운 숨결을 내뿜었다. 그녀의 긴 머리카락에서는 심연에 잠겨 있던 검붉은 물풀 냄새가 났다.

"어디 한번 즐거운 시간 가져 보세요. 영원히 못 깨어나도 난 모릅니다. 그 역시 당신이 선택한 거니까."

그리고 에테르가 얼굴에 끼얹어진 듯 나도 모르는 사이에 눈을 감았고 급격히 꿈속으로 떨어졌다. 어디서부터 어디까지가 꿈인지 알 수 없었다. 꿈속의 꿈. 꿈속의 꿈속의 꿈.

내 몸은 여섯 살로 돌아가 작아져 있었다. 내려다본 바닥이 가까웠다. 팔을 들어 보니 아버지의 옷을 빌려 입은 것처럼 크고 헐렁한 남방셔츠 소매가 보였다. 이곳은 어디?

허공에 육중한 곡선을 그리며 유리구슬들을 알알이 빛내는 샹들리에가 어쩐지 낯익었다. 샹들리에 아래로 검은 띠가 늘어져 매달려 있었다. 어디서 바람이 들어오는지 띠는 하느작하느작 흔들렸다.

검은 띠 아래로 어떤 사람의 형체가 몸을 질질 끌듯 걸어갔다. 내가 서 있는 쪽에서는 뒷모습밖에 보이지 않았다. 그러나 나는 그 모습을 알고 있었다.

손을 뻗었다. 달려가려 했다. 소금 기둥처럼 나는 그 자리에 굳어 있었다. 소리쳤으나 그 외침은 목구멍에서 맴돌다 까마득한 어둠 속으로 흩어져 갔다. 검은 띠 아래로 걸어간 사람은 빨간 플라스틱으로 된 작은 유아용 의자 위에 불안정하게 올라섰다. 의자에서 푸시시 바람 꺼지는 듯한 소리가 났다. 그 사람은 천천히 검은 띠를 자기 목에 감았다. 나는 소리 높여 외쳤지만 적막을 찢을 수 없었다.

의자가 발끝에 채어 나동그라졌다. 검은 띠에 감긴 몸이 앞뒤로 시계추처럼 흔들렸다. 그것이 흔들릴 때마다 서걱거리는 소리가 귓속에서 맴돌았다. 손을 뻗어, 손을. 마침내 나를 옭아매고 있는 어떤 공기에서 탈출하여 그리로 달려갔다. 달리고 또 달렸으나 그곳과의 거리는 조금도 줄어들지 않았다.

엄마!

그 비명이 밖으로 나왔는지 어쨌는지 알 수 없었다. 엄마의 손과 발이 춤추듯 제각기 따로 흔들렸다. 관절마다 실이 뒤엉킨 마리오네트 같았다. 그것 봐, 괴롭지? 어서 그걸 끊어 버려, 어서! 그러나 그것은 단단한 고급 통가죽 허리띠였고 쉽게 끊어질 것 같지 않았다. 영원까지 펼쳐진 드넓은 천장과 내가 발 딛고 선 바닥. 그것뿐 주위에는 벽도 없고 아무것도 보이지 않았다. 저것을 끊을 만한 칼을 찾을 수 있다면. 나는 칼을 찾아 달렸다. 달려도 달려도 끝은 보이지 않았고 엄마와는 한 뼘만큼도 가까워지지 않았다. 엄마의 팔다리는 더욱 크게 경련했다. 샹들리에를 통째로 떨어뜨려 버릴 수는 없을까. 그 생각을 하자 몸속의 아드레날린이 폭발했다. 어쩐 일인지 다음 순간 앞으로 고꾸라졌을 때 나는 엄마의 발밑에 이미 닿아 있었다.

됐다! 샹들리에를 흔들어야지. 허리띠가 풀어져 떨어지도록. 넘어져 있던 유아용 의자를 똑바로 세우고 그 위에 올라섰다. 샹들리에는 하루 만에 구름을 뚫고 자라난 잭의 콩나무만큼이나 높은 곳에 있었다. 잡아 흔드는 건 고사하고 손이 닿는 것조차 어림도 없었다. 그러고 보니 나는 여섯 살의 몸을 하고 있었다. 의자에서 몇 번을 뛰어오르다가 의자와 뒤엉켜 바닥을 굴렀다. 그러는 동안 엄마의 팔다리에 일던 경련이 조금씩 잦아들었다.

엄마?

일곱 번째 넘어졌을 때 눈앞 허공에 엄마의 발뒤꿈치가 보였다. 엄마는 어느새 버둥거림을 멈추고 축 늘어진 자세로 매달려 있었다. 경직된 두 다리 사이로 검은 물이 천천히 뚝뚝 떨어졌다. 꿈속이라고는 믿어지지 않을 만큼 악취가 진동했다.

나는 앞으로 포복 전진하듯 기어가 고개를 들었다. 오랫동안 잊어버리고 있던 엄마의 얼굴이 보였다. 그러나 그 얼굴이 옛날과 같은지는 도무지 알 수 없었다. 검푸르게 물든 데다 두 눈알이 튀어나올 것처럼 크게 떠졌으며 벌어진 입에서 늘어뜨려진 혀끝에는 검붉은 핏방울이 차갑게 빛나다가 길게 세로금을 그으며 떨어졌다.

순간적으로 그 눈과 마주친 것만 같은 착각이 들었다. 아니, 그럴 리가 없잖아. 이미 그 눈은 아무것도 보고 있지 않잖아. 그런데도 내가 얼굴을 돌리거나 움직일 때마다 눈빛이 따라오는 느낌이 들었다. 나는 이제 엄마에 대한 애틋함보다는 공포에 질려서 엉덩이로 바닥을 쓸며 뒷걸음질로 물러났다. 그러나 이번에는 엄마와 조금도 거리가 멀어지지 않았다. 엄마의 명복을 빌 틈도 없이 다음 순간 내 목에 허리띠가 감겼다. 검푸른 얼굴을 한 엄마가 어느새 내려와 내 목을 조르고 있었다. 그 얼굴은 이미 유골이 되어 눈과 코가 있던 자리가 커다랗게 비었고, 그 구멍들로 쌀알만 한 구더기들이 들락날락하며 배를 뒤집고 몸부림쳤다. 그것들이 허리띠를 타고 내려오더니 몰려들어 내 목을 물어뜯었다.

꿈속에서도 정신을 잃는 일이 가능한지 알 수 없지만, 나는 뜯어 먹힌 목에 허리띠가 감긴 채로 기절해 버렸다.

눈을 떴다. 현실로 눈을 뜬 게 아니라 일종의 장면 전환같이 시공이 옮겨 가 두 번째 꿈을 꾸고 있음을, 눈앞의 화목한 가족을 보고 알 수 있었다. 그 가족은 나라는 구성원이 빠짐으로써 비로소 행복해 보였다.

아버지와 배 선생과 무희가 한 식탁에 원을 그리며 앉아 있었다. 여느 가족과 조금도 다를 바 없는 단란한 저녁 식사 풍경이었다.

나는 현실의 나이와 일치하는 몸으로 돌아와 있었다. 그런데 식탁에 앉은 아버지와 배 선생은 조금씩 더 나이 들어 보였으며, 무희도 거의 내 나이만큼 훌쩍 자라 있었다. 무희는 어깨를 덮는 긴 생머리에 감색 교복 차림이었다. 어찌 된 일인지 알 것 같았다. 그것은 내가 없어져 주기만 하면 행복하게 그려질 그들의 미래 구상도였다.

그걸 보는 순간 나는 꿈에서 깨어 현실로 돌아가더라도 몸은 영원히 돌아갈 곳이 없을지 모른다는 걸 깨달았다.

—아, 오빠다!

무희가 이쪽을 보고 손짓했다. 내가 너의 의붓오빠인 걸 알아보겠어? 지금의 너와 똑같은 나이대의 내가? 다가온 무희는 나와 거의 눈높이가 같았다.

—뭐 하고 있어? 이리 와. 오빠도 저녁 먹어야지.

나는 어깨를 움츠리고 무희에게 잡힌 손을 뿌리치려 했다. 그게 무슨 소리야. 내가 너와, 네 엄마와 함께 저녁을 먹을 수 있다고? 어느새 나한테 그런 자격이 주어진 거야? 내가 집으로 돌아가면, 조금만 더 참고 견디면 우리는 외부 전시용으로나마 화목해져서 언젠가 미래에 이런 날이 찾아오는 거야? 나는 네가 내민 손을 잡을 수 있을까. 수많은 의문부호가 머릿속을 휘감았지만 나는 한마디도 묻지 않고 뒷걸음질만 했다.

—엄마! 오빠가 왜 이럴까? 어디 아픈 거 아니야? ……오빠는 언제나 말수가 적고 무뚝뚝했지만 나한테 나쁘게 대하지는 않았어……. 나는 오빠에게 늘 고마워하고 있어…….

무희는 내 얼굴에 대고 차가운 숨결을 뿜으며 덧붙였다.

—심지어는 오빠가 날 건드렸을 때조차 용서가 될 정도로 말이야……!

무희의 얼굴이 점점 험악하고 날카롭게 변했다. 너 지금 무슨 소리 하는 거야. 내가 언제 너한테 그런 짓을 했어. 너는 어린 마음에 너도 모르게 주입한 한순간의 잘못된 기억을 그대로 간직하고 있는 거야? 나는 너한테 그런 짓을 한 적이 없다는 걸 너도 알잖아. 목소리는 내 몸속에서만 웅웅거리며 천둥처럼 울렸을 뿐 밖으로 나와 주지 않았다.

—기억 못 하나 보네? 오빠가 내 치마에 손을 넣었잖아.

아니야. 나는 뒤로 한 걸음 물러났다. 무희 어깨 너머로 배 선생이 비웃음을 띠고 있었다. 아버지의 얼굴은 무희의 머리에 가려 잘 보이지 않았지만 무표정에 가까워 보였다.

—속옷을 끌어 내렸잖아.

아니야!

—만졌잖아, 조물딱조물딱 주물렀잖아, 그리고……

웃기지 마!

―넣기까지 했잖아!

닥쳐―.

나는 어느새 바닥에 다시 쓰러져 있었고, 무희는 내 목을 조르고 침을 뱉었다. 아니, 아니야. 무희가 아니라 어느새 배 선생의 얼굴로 바뀌어 있었다. 나는 배 선생의 손을 목에서 풀기 위해 안간힘을 썼다. 이것은 그러고 보니 언젠가의 장면과 비슷하다. (아버지, 왜 도와주지 않아요? 나 아닌 거 정말 모르겠어요? 아버지는 내가 이대로 죽어도 좋다는 건가요?) 나는 고개를 간신히 옆으로 돌려 식탁에 앉은 아버지를 보았다. 아버지의 얼굴은 여전히 표정을 알아보기 힘들었다. 경멸도 증오도, 그렇다고 해서 면목이 없다거나 안타깝거나 미안한 것도 아닌 표정. 의중을 알 수 없는.

배 선생이 갑자기 손을 떼는 바람에 몇 걸음 떠밀렸다. 그때 달구어진 쇳덩이에 등이 데는 느낌이 들었다. 아래를 내려다보자 배에 기다란 뭔가가 꽂혀 있었다. 실과 같이 가느다란 창이 내 몸을 꿰고 섬광을 내뿜었다. 관통한 자리에서 구멍은 점점 더 넓어지고, 그 자리에서 붉은 내용물이 피거품을 물고 흘러내렸다. 쏟아지는 내장 사이사이로 검은 어둠이 찬란하게 제 몸피를 키우며 드러났다. 바람이 그 어둠

사이로 들락거리며 뼈마디를 뒤흔들고 지나갔다. 빛나는 창을 잡자 손에 불이 붙어 그대로 타들어 갔다. 혈관이라는 게 아직도 내게 남아 있다면, 온몸의 혈관을 타고 뜨거운 불이 흘렀다.

고개를 들자 불길에 손목이 떨어져 나간 내 모습을 나란히 서서 바라보는 세 가족이 보였다. 나는 휘청거리며 뒷걸음질하다가 간신히 버티고 섰다. 낭패감과 동정이 적절히 반죽된 무희의 눈길, 내 꼴을 보고 조금 후회할까 말까 망설이는 듯한 배 선생의 침착한 입술 선, 그리고 여전히 모호함으로 일관된 아버지의 표정.

그 얼굴을 보자 비로소 결심할 수 있었다. 아버지는 이미 내 아버지이기를 거부하고 배 선생의 남편이기를 택했다. 저편에 선 사람들. 이쪽에 비틀거리며 선 나. 참으로 아름답고 감동적인 가족사진이었다.

상처는 새로 돋는 살의 전제 조건.

지금까지는 생각하지도 못했던, 내 것이라고는 믿어지지 않는 힘을 쥐어짜서 나는 나머지 한 손으로 눈부신 창을 뽑았다. 나는 그 집에 있어서 해당 사항 밖의 사람이었고, 언제 다시 돌아가더라도 떠날 예정부터 잡아야 함을 알았다. 이제는 돌아가는 일 자체도, 또는 돌아갈 곳이 없다는 사실도 두렵지 않았다. 나는 나도 모르게 미소를 지었다. 바닥에 창을 떨어뜨리자 나머지 한 손목이 불길과 함께 떨어져 나갔다. 반만 남은 팔로 상처를 누르며 입을 열었다.

—이제 만족하지요.

꿈속에서 처음으로 내 목소리가 나왔다. 배 선생의 눈은 말하고 있었다. 네가 뭔데, 너 따위가 감히 나한테 그런 식으로 말해.

—이게 현실이든 꿈이든 상관없어. 나한테는 이미 당신 하나쯤 때려눕힐 만한 힘이 있어. 그렇지만…… 지금부터는 내 의지로 당신을 불쌍하게 여기기로 했어……. 당신은 이미 내가 그런 게 아니란 걸 알고 있잖아. 내 목을 조를 시간에 무희를 괴롭힌 진범이나 찾아보는 게 현명할 거야.

이런 게 악몽이라면 조금은 꿀 만한 가치가 있다. 이렇게 끊기지 않고 말해 본 게 수백 년은 된 옛일 같다.

—나 알아요. 나도 처음부터 거절하고 당신한테 아무것도 주지 않으려 했다는 거……. 내가 받고 싶은 게 없었으니까. 그게 가장 바람직한 선택이라고 생각했는데……. 지금까지 당신이 나한테 했던 일들은 내 선택에 대한 대가 정도로 생각해 둘게요. 이젠 되돌리기엔 너무 늦었지요. 여긴 당신들만의 공간으로 삼아도 돼요. 알아서들 행복한 미래 구

상도를 그리라고요. ……내가 이 그림에서 빠진다고 해서 당신들을 적으로 돌리지는 않을 거예요……. 그럴 만한 가치가 없는 것 같으니까. 단 이제는 나도 그만 내버려 둬요.

그러자 배 선생은 그건 그것대로 용납할 수 없다는 듯이 펄펄 뛰며 내 배에 주먹을 꽂았다. 오장이 빠져나간 어둠의 자리에 주먹은 그대로 내 몸을 꿰뚫었다. 엉덩방아를 찧고 주저앉은 내 얼굴에 배 선생의 발길질이 날아왔다. 부러진 이가 입술 사이로 비어져 나오고, 어찌 된 일인지 꿈속에서도 찝찔하고 비릿한 피 맛이 느껴졌다. 그러나 나는 더 이상 얼굴을 감싸거나 저항하지 않았다. 조금만, 조금만 더 견디면 끝이야.

조금만, 조금만 더.

눈을 떴다. 격렬한 꿈에 시달리다 깨어난 것 같지 않게, 뺨과 몸을 어루만지는 감촉은 황홀감 그 자체였다. 그도 그럴 것이 내 몸은 찬 바닥이 아니라 어느새 침대에 뉘어져 있었다. 공단 이불이 태곳적의 양수처럼 아늑하게 내 몸을 감고 있었다. 이렇게 기분이 좋으니까 이 침대에 들어오고 싶지 않았던 거야. 나는 머리를 베개에 깊이 파묻은 채 영원히 꿈속으로 들어가도 좋을 것 같았다.

그러다 갑자기 퍼뜩 정신이 들어 윗몸을 일으켰다. 점장은?

시계를 보니 이미 대낮이었고, 점장이나 몽마는 당연히 옆에 없었다. 그 대신 눈물을 글썽거리는 파랑새와 눈이 마주쳤다.

"이틀 만이야."

이틀이 지났다고?

"그대로 못 깨어나는 줄 알았어. 그게 떠나고 나서도 너 계속 열에 시달려 헛소리를 했거든."

파랑새가 눈을 한 번 깜박이자 굵은 눈물방울이 내 손에 떨어졌다.

"점장만큼 심하지는 않았지만 역시 수많은 쇠줄이 너의 목을 감아 조르고 있었어. 꿈을 이기지 못하고 정말로 끌려가 버리면 어떡하나…… 이대로 깨어나지 않으면 어쩌나 걱정했어. 하지만 새의 몸을 하고 있어서 나는 어떻게 할 수가 없었어. 점장은 점장대로 아침까지 안 깨어나지……. 정말 미안해. 막지 못해서."

"그…… 무, 무슨, 소……소리, 야."

간밤에 그렇게 또렷하게 입을 열어 말한 것은 정말로 꿈에 불과했던 모양으로, 나는 입을 열자마자 허둥거렸다.

"아침이 되어 약속대로 그것은 떠났어. 하지만 네 목을 감은 줄은 풀리지 않았어. 점장도 이미 몽마에 사로잡힌 사람을 어떻게 구해 줄 방법은 없었어. 꿈속에서 혼자 이겨 내지 않으면 깨울 수 없다고……. 도대체 왜 그런 짓을 했어, 왜."

"거……걱……정, 시켜서…… 미, 미안."

파랑새는 눈가를 훔치며 고개를 저었다.

"줄이 사라졌을 때 너는 이미 탈진 상태였고 숨소리도 희미했어. 바닥은 식은땀으로 미끈거렸고. 자초지종을 들은 점장이 처음에는 나한테 그걸 왜 안 말렸느냐고 화내다가, 내가 새의 몸을 하고 있었던 걸 뒤늦게 떠올렸지. 점장이 너를 여기다 옮겨 놓고 식은땀에 젖은 옷을 갈아입혔어. 그런 정도가 그가 할 수 있는 최선의 감사 표시니까, 가게로 올라가서 별로 좋은 소리 못 듣더라도 신경 쓰지 마."

나는 조금 더 안정해야 한다는 파랑새의 말을 듣지 않고 침대에서 몸을 일으켰다. 파랑새를 따라 오븐 문을 열고 지나가는데 목에는 압박감이 선명하게 남아 있었고, 온몸의 세포를 훑고 지나갔던 화상의 느낌도 아직까지 그대로였다.

점장은 마침 근처 사무실에서 주문받은 고구마케이크를 굽고 있었다. 그는 나를 보자마자 개수대로 고개를 획 돌리고는 코코아 파우더와 밀가루가 묻은 손을 꼼꼼히 씻었다.

"아— 저, 저기…… 그, 그러……니까…… 그……."

그리고 내 쪽은 보지 않고 젖은 손을 일회용 키친타월로 깨끗이 닦았다.

"그, 그게…… 나, 나는……."

순간 눈앞에 기습적으로 상향등이 켜진 듯 불이 번쩍였다. 갑작스러운 충격에 조금 휘청거리다가 두세 발짝 뒷걸음질하여 버티고 섰다.

옆에 서 있던 파랑새는 우리 두 사람을 번갈아 보다가 말없이 카운터로 나가 버렸다. 왼뺨에 남은 통증이 머릿속까지 전해져 울렸다.

"……낄 만한 데 껴. 누가 너더러 그따위 짓을 하랬냐."

"……."

긴장이 풀리자 뜻밖에도 눈물이 새어 나왔다. 학교 담임이, 또는 배 선생이 내게 똑같은 일을 했을 때 내 마음을 채웠던 건 회피나 분노, 억울함 아니면 냉소 같은 것들이었다. 지금 몰려오는 감정은 낯선 종류였고, 아픔 또한 누군가가 나를 진심으로 걱정하고 있음을 아는 데에서 오는 것이었다.

"네가 살아 있는 이유 두 가지. 하나는 상대가 비교적 급이 낮은 마물이었기 때문에 힘이 크지도 않고 있는 힘이나마 제대로 쓰지 못했다는 거. 두 번째, 네가 나이도 어리고 살아오면서 겪은 불쾌하거나 끔찍한 경험의 크기와 깊이

가 보잘것없어서야. 조금만 더 삶을 살아 봤거나 고통이 뭔지를 피부로 알았다면, 그대로 못 깨어났어. 몸이 흙 속에서 완전히 썩어 버릴 때까지 무의식 속에서 그 꿈만을 되풀이해서 꾸었을 거라고. 그것은 몸에도 영향을 미쳐서…… 정상적인 상태의 시체가 되기도 힘들다. 아마 나중에 무덤 헤치고 관 뚜껑 열어 보면 볼만할걸."

그러니까 꿈속에서 내가 본 일들은, 다른 누군가의 아픔에 비하면 새 발의 피라서 그것이 아주 점잖게 실체화되어 나를 상대적으로 덜 괴롭혔다는 얘기다. 자신의 아픔은 자신에게 있어서만 절댓값이다. 나는 그에게 민폐가 되었을 뿐일까. 몽마를 붙잡은 것은 그를 위해서라기보다는 사실 나 자신의 만족을 위해서였을까. 잠에서 깨어난 그가 내 모습을 보고 어떤 기분이 들지는 생각지 않고, 단지 그의 그런 모습을 보고 싶지 않다는 생각만으로.

"주제 파악 좀 하자. 세상이 좁고 인생은 짧은 것 같아? 그래서 다른 세계 일에 발 좀 담가 봐야 할 것 같냐고. 웃기지 마. 인간한텐 지금 주어진 세상조차 과분해. 자기 일 하나 감당 못 하는 녀석이 누굴 상대로 오지랖을 떠는지."

"미……미……미안……합니……."

후끈거리는 뺨을 손등으로 문지르는데 어느새 나도 모르

게 흘러내린 눈물이 같이 닦여 나갔다.

"주, 주제, 넘게, 굴어……."

말마디는 채 이어지지 못하고 허공에서 흐느적거리다가 사라졌다. 그대로 잠깐의 시간이 흘렀다. 문득 아래로 떨어뜨린 시선에 적당한 간격을 두고 나란히 놓인 그의 슬리퍼 한 쌍이 보였다. 나는 이렇게 고개를 숙인 채 얼마나 오랜 시간을, 내 눈앞에서 배 선생의 슬리퍼가 말없이 사라지기를 기다렸던가.

그러나 이번에는 슬리퍼가 돌아서서 사라지는 대신 천천히, 눈앞으로 조금 더 가까이 다가왔다.

그가 이윽고 내 어깨를 다독거렸다.

"……다시는 쓸데없는 일에 나서지 마라. 망가져도 안 고쳐 주니까. 하긴 다음이라는 게 있을 리도 없지만."

그건 아마도 그가 그저께 밤과 같은 빈틈을 보일 일이 다시는 없을 거라는 뜻이겠지.

"네가 뭘 보고 그렇게 광분해서 끼어들었는지는 묻지 않겠지만, 나는 깨고 나면 아무렇지도 않아."

그라면 이렇게 말할 줄 알았다. 사실은 아무렇지도 않은 게 아닐 거면서. 나는 면목 없다는 몸짓과 희미한 웃음을 보였다. 그래도 그건 내가 원해서 한 일이었고, 그것에 만족했다. 게다가 꿈속에서 본 장면으로 인해, 앞으로의 삶일지 싸움일지 어떤 형태로 다가올지 모를 것에 예행연습까지 해 본 것 같았다. 조금씩, 집으로 돌아가야 할 때가 다가오고 있었다. 집과의 거리는 한 발짝 더 가까워지면서 멀어졌다.

"힘들었을 텐데."

그까짓 것 아무렇지도 않고 가뿐했어요—라고는 말할 수 없는 나약한 나 자신이 한심할 뿐.

"일단 인사는 해 둘게."

점점 아래로 떨어뜨리고 있던 내 눈을, 그가 허리를 깊이 숙여 똑바로 마주 들여다보고 말했다. 나는 서러움도 체념도 아닌 순수한 기쁨과 감격 때문에 눈물을 그치지 못했다. 누군가 이런 단순한 한마디로 나를 오해 대신 인정해 준 적이 있었던가. 그것은 또한 끝나지 않을지 모른다고 생각했던 긴 밤의 시련을 견딘 나 자신에 대한 인정의 의미이기도 했다. 나는 스스로를 칭찬하는 데에 너무 인색했던 모양이다.

어느새 나는 따뜻한 어깨에 머리를 기대어 그가 입은 흰 가운을 하염없이 적시고 있었다. 냄비 속에서 녹던 초콜릿이 타기 직전까지 졸아들었고 조리대 위에서는 쇼트닝이 굳어 가고 있었지만, 그는 말없이 똑같은 자세를 유지한 채 내가 진정될 때까지 기다려 주었다.

타임 리와인더

달걀흰자가 타르타르 크림과 함께 거품기 속에서 돌아가 우윳빛 점성을 띤다. 설탕이 거품을 풍부하고 부드럽게 키우며, 아몬드 가루가 고소한 풍미를 더한다. 짤주머니 끝에서 조금씩 고개를 내미는 머랭이 팬 위에 고운 물결무늬를 그리다가 선명한 봉우리를 이룬다. 이것을 오븐 속에 넣고 구우면 머랭쿠키가 만들어진다…….

그렇지 않다. 그냥 머랭쿠키가 아니다. 이렇게 끝날 것 같으면 위저드 베이커리가 아니다. 중간 단계에서 점장만의 어떤 특별한 처리 과정이 추가된다. 그것의 원리와 실제를 나는 보지 못했고 파랑새도 알지 못했다.

위저드베이커리닷컴에서 판매하는 모든 물품 가운데 가장 수상쩍고, 적어도 내가 머물렀던 동안엔 단 한 건의 주문도 들어오지 않았던 그것. 바로 타임 리와인더였다.

시간을 되감는 쿠키.

이름만으로도 그것이 시간 여행을 하는 도구임은 알 수 있었다. 그러나 그것은 추측일 뿐, 언제나 미리보기에는 '이미지를 준비 중입니다.'라는 안내가 있고, 물품 정보를 클릭해 보아도 '준비 중입니다.'라는 팝업만 뜰 따름 상세 설명도 가격도 나와 있지 않다. 당연히 위시 리스트에도 장바구니에도 담을 수 없다.

그러니까 언제까지 준비 중인 건데? 궁금했지만 굳이 묻지는 않았다. 준비 중이니까 주문이 들어오지 않을 수밖에. 그래서 처음에는 그것이 연구가 덜 끝난 품목인 줄 알았다.

이 물품은 언제 입고되느냐는 질문이 게시판에 꾸준히 올라오기는 했다. 그에 대한 답변 매뉴얼은 정해져 있었다.

'현재 개발 중인 상품입니다. 조속한 시일 내로 선보일 수 있도록 노력하겠습니다. 위저드베이커리닷컴에 관심을 가져 주셔서 대단히 감사합니다.'

이 답변은 문의가 공개 글인 경우에 해당한다. 비밀 글로 이 제품을 문의하는 경우 점장이 직접 답글을 달았다. 비밀 글은 주로 사연 있는 사람들이, 자기에게 타임 리와인더가 필요한 이유에 대해 간절한 주석을 달며 꼭 빨리 판매를 개시해 달라는 요청을 적어 놓게 마련이었다. 저마다의 사연이 기구하고 안타까웠는데, 간혹 일부 문의에 대해 점장의 답글이 달라지곤 했다.

실은 타임 리와인더는 이미 개발이 끝난 제품이었고, 실제로 점장이 실물을 내게 보여 주기도 했다. 그것이 머랭쿠키 모양을 한 문제의 과자였다. 어느 제과점에서든지 흔히 볼 수 있는 이런 머랭쿠키가 시간을 되감아 준다고? 그것을 점장이 반으로 부수어 보여 주기 전까지의 생각은 그랬다.

포춘쿠키.

일반적인 포춘쿠키는 얇은 월병 형태로, 월병 제조 과정에서 반죽을 반으로 접은 뒤 육십 도 정도의 각도로 구부려 초승달 모양을 만든다. 반 접은 자리에 생긴 틈으로는 운세를 점치는 종이를 끼워 넣을 수 있다.

그러나 점장이 만든 쿠키는 머랭 형태로, 평평한 과자에 종이를 올려놓고 그 위에 머랭을 샌딩하는 방식이 아니라면 종이를 넣기 힘들 것이었다. 그러나 어쨌든 점장이 만든 머랭쿠키에서는 연노랑 종이가 나왔다. 그 식용 종이를 입속에 넣고 오랫동안 침으로 녹이면 밀크커피 향이 가미된 초콜릿 맛과 함께 사라지게 되어 있다.

그 종이는 다음과 같은 두 줄이 적힌 걸 제외하고는 깨끗이 비어 있다.

Date ________.____.____

Time ____:____

간절히 되돌리고 싶은 시간을 마음속으로 설정한다. 그리고 한 입 크기의 머랭쿠키를 입 속에 넣고 부순다. 그런 다음 치아나 혀끝에 닿은 종이를 밖으로 끄집어낸다.(입 속에 남은 쿠키는 먹는다.) 그러면 그 종이에 자기가 원하던 날짜 혹은 시각이 붉은 글씨로 적혀 있다.

여기서 가장 중요한 핵심은, 점장이 시범으로 보여 준 것처럼 손이나 다른 물리적인 힘으로 부수면 아무것도 적혀 있지 않게 되고 아무런 힘도 발휘하지 못한다는 거다. 반드시 한입에 넣고 입 속에서 부술 것. 또 일단 종이를 꺼내어 시간을 확인한 뒤에는 다시 그것을 입에 넣어 혀끝에서 천천히 녹일 것.

입으로 부술 때 십중팔구 종이가 같이 찢어질 수 있으니 조심스럽게 해야 한다는 점에서 동작 자체는 결코 쉽지 않겠지만, 그렇게 간단한 과정으로 시간을 되돌릴 수 있어? 영화에서처럼 복잡한 연산 장치에 조종술까지 필요로 하는 타임머신에 올라타지 않고도?

그러한 물건이니 역시 호락호락 얻을 수 있는 것은 아니었다. 관리자 모드로 홈페이지에 접속하자 비밀 글로 된 점장의 여러 답글들을 볼 수 있었다. 그 결과 알 수 있었던 사실은, 절실히 필요로 하는 사람에게만 이 물품의 가격을 알려 준다는 것이었다.

보통 어느 인터넷 쇼핑몰이고 간에 '가격은 상담 요망'이라고 적힌 경우 고가라는 뜻인데, 타임 리와인더는 천문학적인 수준이었다. 그야말로 시간을 언제로 되돌리느냐에 따라, 즉 더 오랜 과거로 되돌릴수록 가격이 올라가는 방식이었다. 이걸 사고자 할 때 반드시 '사전 상담 요망'인 이유였다. 과거를 왜 되돌리려고 하는지, 언제 몇 시 몇 분으로 되돌릴 것인지. 5분을 뒤로 돌리는 기본 가격부터 차마 명시할 수 없을 만큼 어마어마했고, 그다음부터는 5분 단위로 피보나치수열을 떠올리게 하는 방식으로 무섭게 올라갔다. 갑부나 재벌이 아니고서는 며칠씩, 몇 달씩 시간을 되돌리는 건 불가능했다.

게다가 가정상비약도 아닌 물건을 미리 사 두었다가 유

사시에 5분만 되감고 싶어 할 사람은 현실적으로 없을 거였다. 게시판에 문의할 적엔 이미 적절한 때를 놓치거나 한참 전에 일이 틀어진 경우가 대부분. 언제 저지를지 모를 실패와 신만이 아는 재난을 대비하기 위해 이런 제품을 미리 사재기해 두는 정신 나간 인간이 있을까.

설정할 수 있는 시간은 총 다섯 칸으로 나뉘어 있지만, 웬만큼 미치거나 절실하지 않고서야 첫 번째 '년' 단위의 시간을 감을 수 있는 사람은 없을 것이었다. 그렇게 비싼 것이어서 눈에 쉽게 띄지 않도록 물품은 언제나 '준비 중'이었던 것이고, 그럼에도 간절하게 바라는 사람이 매달려 올 때만 뚜껑을 열어 보여 주었다. 어지간한 사람들은 가격 앞에서 일단 절망하고 다시는 문의를 하지 않았다. 반신반의하면서 밑져야 본전이라는 식으로 장바구니에 담기엔 너무나 큰 금액이었다.

"너 지금 무슨 생각 하는지 알아."

그랬다. 나 같은 주제는 은행이라도 털지 않는 이상 첫 번째 설정 항목인 '연도'를 절대 감을 수 없을 테니, 그런 상태에서 고작 몇 분 안팎의 시간을 감아 보았자 무의미했다. 6년이라니. 1일은 1,440분, 1년은 525,600분…… 6년을 되감을 만한 돈은 로또 복권에 당첨된다 해도 지불할 수 없다.

기본 5분부터 비상식적인 가격인 데다가, 그로부터 시간을 더욱 오랜 과거로 돌림에 따라 기하급수적으로 늘어나는 금액이라니. '시간은 돈이다'라는 격언을 실감케 하는 살인적인 가격이었다.

"되감고 싶은 시간이 있나?"

그가 여전히 내 쪽을 보지 않고 한마디 툭 던지듯이 물었다. 아 진짜, 알면 묻지 마.

"왜…… 이, 이렇게……."

"뭐라고?"

"왜…… 비, 비, 비싼, 가, 값을…… 부, 부르는, 거, 거예요? 아, 악덕…… 기, 기업……주…… 아, 아니면…… 피, 피서 철…… 바가, 바가지, 장, 장사꾼……처럼."

그는 피식 웃고는 혼잣말처럼 중얼거렸다.

"악덕 기업주냐. 그냥 장사꾼만으로 좀 봐 줘라."

"그……그, 그렇, 잖아요. 뭐, 뭐랄까…… 가, 강물, 강물을…… 도, 돈…… 받고, 파는…… 누구, 같아요."

그가 조금 놀란 얼굴로 나를 돌아보았다. 그 모습을 보고 나는 뭔가 조금 말실수를 했나 보다고 뜨끔했다. 이거 아무래도 사기꾼이라고 말한 것과 다를 바가 없지? 그의 표정은 천천히 평온한 미소로 바뀌었다. 그러나 그건 왠지 세상 물정 모르는 아이를 딱하게 바라보는 듯한 미소였다.

"거기까진 네가 신경 쓸 문제가 아냐. 그러니까 너도 웬만하면 이걸로 헛짓거리하는 꿈은 깨는 게 좋을 거다."

웃으면서 그런 식으로 말하는 게 더 무서워.

"그, 그런…… 게 아, 아니……."

말을 더 잇지 못했다. 입 속에 달콤하게 밀려 들어온 것은 알사탕만 한 초콜릿이었다.

그의 손가락이 내 입술에서 천천히 떨어지자 입 속에서는 초콜릿이 폭죽처럼 경쾌한 딱총 소리를 내며 튀었다. 어릴 때 초등학교 앞 문방구에서 사 먹곤 하던 이름 모를 불량식품 가운데 이렇게 물이 닿으면 톡톡 튀는 사탕가루가 있었다. 화학적으로 합성한 과일 향과 탄산이 주를 이룬 싸구려였다. 그러나 지금 이것은 초콜릿 자체가 튀는 독특한 느낌이었다. 그러면서도 초콜릿 특유의 부드러운 끝맛을 잃지 않았다.

게다가 입 속에서 톡톡 튀는 소리는 가만히 들어 보니 그저 두서없이 터지기만 하는 정전기 소리가 아니었다. 작고 불분명했으나 분명 그 소리는 일종의 언어를 이루고 있었다. 마치 나의 말더듬처럼, 작렬하는 소음 사이사이로 들린 것은…….

그가 등을 돌리고 제빵실로 들어서며 말했다.

"거기 놔둔 나머지 두 알 다 먹고 감상을 말해 줄 것. 이상."

튀는 소리에 귀를 기울이며 나는 그의 등에 대고 고개를 끄덕였다.

"……조금만 생각해 보면 알 수 있을 텐데."

파랑새가 계산기를 두드리며 냉정하게 말했다.

"내가 널 여기 두자고 했지만…… 그렇게 무신경하게 그에게 상처 주면……."

적당한 눈속임이 아닌 진짜 마법을 파는 사람한테 반사기꾼 취급하는 듯한 발언을 한 건 아무래도 좀 그렇지? 그러나 그건 그가 평소 나나 손님들한테 쏴 대는 말에 비하면 아무것도 아니라고 생각되는데. 게다가 지나치게 고가의 인건비를 요구하는 건 맞잖아.

"내가 널 머물게 한 걸 후회하지 않게 해 줘."

"아…… 미, 미안……."

"알았으면 사과는 점장에게 해."

나는 고개를 끄덕였다. 일단은 나머지 초콜릿들을 먹어 보고 그 평가를 들려주면서 말하는 게 자연스러울 것 같았다. 그래서 두 번째 초콜릿을 입에 넣었다.

"인간의 눈으로 보기에 시간을 되감는다는 것은 영화 속에나 나올 하찮은 기술인 것 같지?"

아니, 어느 영화에서고 간에 그걸 과학적으로 하찮다고 말한 적은 없는 것 같은데. 아인슈타인의 상대성 원리와, 빛의 속도와……. 모든 생물이 현재를 살고 있는데 나 혼자 과거에 뚝 떨어지는 영화 속의 시간 여행과는 조금 다르다고 봐야겠지만, 과학에서는 그런 식으로 시간을 정복하는 게 이론상으론 가능하다고 본다. 실제 행동으로 옮기기가 쉽지 않을 뿐.

그러나 현실적으로는 인간의 모든 의지와 노력, 욕망과 의미를 수포로 만들어 버리는 낱말이 바로 '시간'이지 않을까. 이 순간 아닌 지나간 모든 것이 박제나 화석 또는 추억이라는 이름으로 변형되는.

"네 말마따나 눈에 보이지 않는 시간을 감아 주는 대가로 엄청난 비용을 요구하는 건 터무니없어 보일 수도 있어. 하지만 말이지, 이런 건 생각해 봤니? 시간을 움직이는 건 신의 의지를 거역하는 아주아주 위험한 행동이야. 그것이 5분이건 50년이건 오십보백보라고. 그는 그런 위험한 일을 하고 있어. 어디에선가 또 다른 누군가에 의해 뒤틀린 시간을 되돌리기 위해서."

그 말에 따르면 지금 내가 살고 있는 시간은 어딘가의 누군가에 의해 앞으로 당겨지거나 뒤로 늦추어진 시간일 수 있었다. 그것을 올바른 자리에 돌려놓기 위한 작업. 그러한 작업은 그가 마음 내킬 때 임의로 하는 일이 아니라, 누군가의 절실한 의뢰가 있을 때, 그리고 마침 잃어버리거나 건너뛴 시간을 보충하는 데 의뢰인의 요구가 맞아떨어질 때 행하는 것이었다.

또 다른 원칙도 있었다. 대놓고 운명을 바꾸기 위한 시간 되감기는 도와주지 않는다는 것. '인연'과 관계된 일은 바뀔 수 있지만 생사를 가르는 '운명'은 건드리면 안 된다. 이미 일어난 일을 긍정하는 범위 내에서 되도록 최소한의 시간만을 되감는다. 이를테면 이런 경우.

—오늘 아이가 우리 곁을 떠났습니다. 아이의 병은 오래된 것이었고 돌이킬 수 없었습니다. 나는 아이의 병이 발견되기 이전으로 시간을 되감기에는 터무니없이 돈이 부족합니다. 이미 병원비로 얼마 되지 않는 재산을 다 털었고요. 다만 한 가지 바람이 있다면, 딱 하루만 그 아이와 함께할 시간을 얻는다면 미처 하지 못했던 마지막 인사를 해 주고 싶고, 아이가 그렇게 가고 싶어 했던 놀이공원에도 데려가고 싶습니다. 마지막을 너무 준비 없이 병원의 급박한 분위기와 소독약 냄새 속에 싸인 채 보낸 것이 안타깝습니다.

이렇게 두 가지만 할 수 있다면 아이를 두 번 보내는 고통을 기꺼이 감당할 수 있을 겁니다.

꼭 필요한 최소한의 시간만을 움직이는 이유는 시간의 균열에 따른 위험과 부작용을 최소화하기 위해서다. 인체를 비롯하여 생물을 구성하는 세포 하나하나에는 저마다의 생체 시계가 존재한다. 그런데 이 지구 어딘가에서 누군가가 시간의 흐름을 뒤바꾸면—별의 움직임과 배열을 바꾸고 결과적으로 우주 공간 자체를 무리하게 인위적으로 이동시킨 결과가 되어, 그에 따른 타격을 지구의 모든 생물체가 조금씩 나눠 갖는다는 거다.

그러나 지구에는 인간만 해도 60억이 넘어서 극도로 예민한 사람 말고는 그에 따른 변화나 타격을 느낄 수 없다. 그 대신 인간보다 감각 기관이 발달한 일부 동물들은 그것을 느끼고 평소와는 다른 이상 행동을 보인다. 사람의 경우에는 일상생활에서 어떤 장소를 가거나 물건을 보고 느끼곤 하는 왠지 모를 기시감이 바로 그 경미한 부작용 가운데 하나다.

시간을 되돌리는 순간 마침 그때 태어나려던 아이는 엄마의 자궁이라는 작은 우주 속에서 시간의 역행을 겪게 되고, 숨을 거두기 직전의 사람은 파괴되던 세포의 재배열과 생성이라는 충격을 고스란히 겪게 된다. 그런데 몇 분이나 몇 초가 아닌 몇 달이나 몇 년 단위로 되돌린다면, 그에 따른 시간의 균열을 생물체가 어디까지 감당할 수 있는지 장담할 수 없다는 거였다.

게다가 이 일에는 커다란 맹점과 모험이 별책 부록처럼 딸려 온다. 아이를 잃은 모정의 경우를 대입하면 이렇다. 어머니는 순수한 마음으로 아이의 가는 길을 조금이나마 편하게 해 주고픈 목적이었지만, 막상 시간을 하루라도 과거로 돌리면 어머니는 오늘의 기억을 잃게 된다. 오늘 마법사 점장에게 의뢰했던 기억도, 아이를 보냈던 고통도 잊어버린다. 오늘의 시간이 '존재한 적 없는 시간'이 되어 버리는 셈이니 그렇다. '어제'로 돌아가고 나면 그다음 날의 일도 확정되지 않는다. 중환자실의 각종 기계음 속에서 아이가 결국 세상을 떠날지 어떨지 모르는 어머니는 하루 벌게 된 '어제'라는 시간 안에 자기가 간절히 원했던 바로 그 일, 아이에게 하고 싶은 말을 많이 들려주고 놀이공원에 데리고 가는 일을 틀림없이 선택하고 실행하리라는 보장이 없는 것이다. 쉽게 말해 자기의 행동 양상이 바뀔지, 되풀이될지 확률은 반반이다. 후자의 경우 어머니는 또다시 위저드 베이커리닷컴의 홈페이지를 들여다보면서, (이때 본인의 체질이 극도로 예민한 경우) 이유 모를 기시감을 느끼며 눈물을 흘릴 것이다.

그러니까 이를테면 내가 인류 멸망을 각오하고 6년 전으로 시간을 되돌린다 해도, 나는 시간을 되돌리던 순간의 기억을 깡그리 잊고(잊는다기보다는 존재하지 않은 시간이 되어 버리고) 그런 상태로 아버지의 재혼에 적극 반대하여 배 선생과의 만남을 처음부터 없었던 일로 만들어 버릴 수 있는지 어떤지 모르는 일이다. 오히려 배 선생과 두 번의 고통스러운 시간(실은 나는 두 번째 반복이라는 걸 전혀 모르겠지만)을 보내게 될 수도 있다.

아무것도 확실하게 보장해 주지 못하는 마법 아이템이라니, 가격에 비해 너무 부작용이 크다. 이렇게 자세한 설명을 들은 의뢰인은 반응이 사납든("뭐 그런 엉터리가 다 있어? 그럴 거면 뭐 하러 그렇게 비싼 값을 매기지?") 온화하든("잘 알겠습니다. 저한테는 그렇게 확신이 서지 않는 물건은 필요치 않은 것 같군요. 그냥 아이의 영혼이 알아줄 거라고 믿고, 유골함을 단단히 안고 바이킹이라도 타야겠습니다.") 간에 대개 포기하고 만다.

그런데 나는 한 가지 사실을 더 깨달았다. 시간을 되돌리는 일인데, 막상 시간이 어제로 돌아가면 의뢰인이 시간을 되감기 위해 지불했던 돈은 어디로 가지? 공중에 붕 뜬 눈먼 돈이 되나? 통장에 기록된 위저드베이커리닷컴으로의 입금 내역이 사라져 버리는 건가?

그렇다. 의뢰인이 돈을 지불했던 일조차 함께 되감긴다. 그 후 의뢰인이 만약 같은 패턴의 행동을 반복 선택하기라도 한다면, 돈을 지불한 사실은 반복적으로 없었던 것으로 되어 버린다. 최악의 경우, 의뢰인 자신이 그 수상쩍은 시간의 균열을 느끼고 행위를 멈추거나 갑자기 변덕이 생겨 마음을 바꾸기 전까지 입금과 환불이라는 기계적 행위가 반복될 수도 있다. 의뢰인으로서는 플러스마이너스 제로. 반면 의뢰인이 선택에 따라 원래의 목적을 이루더라도 점장은 이득 볼 게 없다. 오히려 점장과 우리와 이 우주는 누군가의 간절한 선택으로 인한 정신적 육체적 타격을 받게 된다. 타임 리와인더의 가격이 그렇게 비싼 이유는, 사람들이 쉽게 심심풀이 땅콩처럼 시간을 되감을 수 없게 하기 위한 것이었다.

나는 제빵실로 들어갔다. 그의 뒷모습이 보였다. 그의 등이, 문득 하늘을 제 몸으로 떠받치고 있다는 아틀라스의 그것과 같아 보였다. 쇼트닝, 박력분, 달걀, 코코아, 바닐라 향. 누군가의 탄생을 축하할 새로운 케이크가 그의 손에서 빚어지고 있었다. 조금 전에 막 나온 페이스트리 위에 바른 캐러멜시럽은 불빛에 반사되어 반짝거렸다. 우주는 왜 저런 빵처럼 매뉴얼대로의 과정을 거쳐 만들어지지 않았을까. 시간은 왜 커피 향 식용 종이처럼 입 속에서 녹지 않고 흘러가 버릴까. 사람의 영혼은 어째서 웨이퍼처럼 바삭거리며 간단히 부서져 버릴 수 없을까. 그리고 무엇보다도……

"미, 미, 미……."

미안해요, 말이 나오지 않는다. 이 세상에서 그 혼자만이 이런 일을 하는 건 아니라지만, 어쨌든 한 개인이 감당할 수 없을 만큼 큰 우주의 무게를 짊어진 그의 어깨가 조금 피곤해 보인다. 그때 마침 내 생각에 대답이라도 하듯이 그가 뻐근한 목을 6시 5분 방향으로 기울이며 주먹으로 톡톡 친다.

"어, 그, 저기……."

"응?"

안마 좀 해 줄까요? 말 대신 나는 양손으로 허공에 대고 도마질을 해 보였다.

"어, 그래? 그럼 부탁 좀 할까."

그는 가스레인지 앞에 접의자를 놓고 앉았다.

나는 그의 목과 어깨 사이를 톡톡 두드리다가 천천히 말했다.

"어, 저, 그게……."

"응."

"초, 초콜, 릿……."

"아, 그래. 마저 먹었어?"

신기한 초콜릿이었다. 먹을 때 입 속에서 난 소리는 단지 오래된 레코드판처럼 튀기만 하는 소리가 아니었다. 첫 번째로 먹은 초콜릿이 터지면서는 분명 '행복해요'라는 소리가 났다. 그런데 그 초콜릿은 마치 나를 놀리듯 더듬거리며 해, 해, 행, 행복, 이랬다.

"그거 아직 미완성이야. 신상품 개발 시도 중이고. 아직 한참 멀었지만 내년 밸런타인데이를 겨냥한 야심작이거든. 원래 올해 초에 내놓으려고 했던 건데 소리가 그렇게 엉망이라서 일단 포기했지. 제품 이름은 '축제'나 뭐 그런 걸로 할 거야. 소리 종류는 세 가지. 행복해요, 고마워요, 그리워요."

"아…… 네."

"말을 제대로 전하려면 나머지 잡음은 반대 파동으로 상쇄해서 들리지 않게 해야 하는데, 인간이 들을 수 있는 헤르츠의 범위가 넓으니까 쉽지 않아. 뭐, 박쥐만큼은 안 되겠지만."

"어……."

그 톡톡 튀던 딱총 소리는 원래 의도했던 소리가 아니란다. 미안하지만 그게 본래 들려주려고 했던 말보다 두 배는 큰 것 같다.

"어, 혹시 단것 싫어하나? 그럼 괜히 미안하네. 덜 달게 한다고 애는 썼는데."

그 말대로 나는 초콜릿 세 개를 한꺼번에 먹을 만큼 단것을 좋아하지는 않았지만 고개를 저었다. 그리고 그 소리는 결코 실패작이라고만은 볼 수 없었다. 나 같은 사람에게 딱 어울린다. 잡음이 너무 많고 버퍼링이 심한 소리. 그러나 꼭 들어야 할 사람은 언젠가 알아들어 줄 거다. 배 선생은 고사하고 아버지조차 들어 주지 않았던 내 소리를 들어 줄 사람이 어디엔가 있을 거다.

나는 그의 어깨를 잡은 손가락 끝에 규칙적으로 힘을 주며 한마디씩 떼었다.

"아, 그, 그게, 맛이."

"응."

"맛, 있었……다고."

"그래. 잘됐네."

"그, 그리고……."

"응?"

"미, 미, 미안……해요."

"뭐가?"

"어, 저, 오해……."

"신경 쓰지 마. 평범한 인간이니까 그런 생각 하는 게 당연하지."

그렇게 말하며 그가 어깨를 두드리던 내 손가락을 가볍게 쥐었다.

"어, 그, 그만, 할까, 요?"

"응, 덕분에 피곤이 풀렸어. 잠깐만 이대로 있자. 조금 더 쉬고 싶네."

"어, 네."

나는 그의 어깨에 손을 얹은 채 내 가슴에 기댄 머리를 받치고 서 있었다.

……무엇보다도 사람의 감정은 어째서, 뜨거운 물에 닿은 소금처럼 녹아 사라질 수 없는 걸까. 때로 어떤 사람들에게는 참치 통조림만도 못한 주제에.

그러다 문득 소금이란 다만 녹을 뿐 사라지지는 않는다는 걸 깨닫는다. 어떤 강제와 분리가 없다면 언제고 언제까지고 그 안에서.

화이트 코코아 파우더

그 글은 포털 사이트의 메인 화면에 걸려 있었다.

메인 화면 중앙에는 오늘의 주요 뉴스. 그 아래로는 관리자가 뽑은 오늘의 블로그 제목이라든가 높은 조회 수를 기록한 글, 익명 게시판에서 댓글이 많이 달린 글 등이 각기 굵은 서체로 제목이 뽑혀 있었다.

모든 걸 집에 팽개쳐 두고 나왔기 때문에 나는 솔직히 할 일이 없었다. 위저드베이커리닷컴에 주문이 폭주하는 것도 아니고, 크리스마스도 밸런타인데이도 없는 이 여름은 비수기나 다름없었다.

무료함은 무의미한 웹 서핑 시간만 늘렸다. 휴대 전화도 없고 인터넷 게임만 안 했다 뿐 내 모양새는 은둔 폐인이나 다름없었다. 대체 이 오븐 속에서 히브리어나 라틴어 또는 영어로 된 책을 읽을 수도 없고 말이다.

그 제목을 클릭한 것은 우연이었다. 게시물 제목이 이랬으니 눈에 확 들어올 수밖에.

—사기꾼 요술쟁이 사이트를 고발합니다.

조회 수와 댓글이 압도적으로 많은 게시물에 달리는 꼬리표, '오늘의 톡톡'. 익명 게시판이었으나 내용 정황만 봐도 누가 썼는지 알 만했다. 전에 악마의 시나몬 쿠키를 샀던 교복 여자애였다.

그 교복이 쓴 글의 전문을 옮기기에는 스크롤이 너무 긴데, 그렇게 자세하게 쓴 글 속에서도 자기의 선택 때문에 같은 반의 누군가가 변을 당했다는 사실은 쏙 빼놓고, 점장에게 들은 악담만 세세하게 재현해 놓았다. 물품의 효과가 기대했던 대로 나지 않아서 AS를 의뢰하러 직접 방문했더니 문전 박대에다가 들어가서도 사람을 무시하며 이쪽 말은 듣는 척도 안 하더라. AS를 못 해 주겠다면 그만이지 마지막에는 저주까지 걸더라는 내용이었다. 그 덕분에 나날이 꿈자리가 뒤숭숭하고 소아 청소년 정신의학과에서 상담 치료를 받고 있는데 나아지지 않는다는 것. 저주 때문에 악몽을 꾼다고 아무리 말해도 의사는 공감해 주기보다는 현실로 돌아와야 한다고 타이르는데 그거야말로 정말 미치겠다는 하소연. 거기에 철자 몇 개만 X자로 가렸을 뿐인 위저드베이커리닷컴의 홈페이지 주소까지 고스란히 적어 놓았다.

그 덕에 홈페이지는 빠른 속도로 트래픽이 초과되었다. 고객 게시판에는 익명으로 육두문자를 남발하는 장난 글이나 비방 글이 속수무책으로 올라왔다. 눈에 띄는 대로 부지런히 지워 나가는 한편 '근거 없는 비방이나 중상모략은 임의로 삭제합니다.'라고 공지를 띄우기도 했지만, 한번 지펴진 열기는 이틀 넘게 지속되었다. 대개는 재미로 들어와 장난을 치는 악플러들이었지만, 억하심정을 갖고 별렀다가 너 제대로 걸렸다는 듯이 들이대는 기존 고객들도 있었다.

파랑새는 메인 화면에 걸린 '오늘의 톡톡' 글을 지워 달라고 포털 사이트 담당자에게 부탁했으나, 전화 너머 담당자의 대답은 참으로 건조했다.

"글을 쓴 본인만 지울 수 있어요. 저희가 도와드릴 방법이 없네요."

"영업 방해로 애매한 사람들이 피해를 입는데도 말이지요?"

파랑새는 침착한 목소리로 되물었다.

“그게 말이죠, 글 속에 유명인이나 공직자의 실명이 들어가서 명예 훼손 감이라거나, 성인 사이트나 쇼핑몰 광고, 선정적이고 폭력적인 19금 게시물 같으면 저희가 글쓴이에게 통보하지 않고 지우기도 해요. 오히려 글쓴이의 아이디에 경고 조치를 내리고요. 하지만 이 경우는 비속어가 없는 데다 욕설 글이라고 보기 힘들고요, 소비자 주권을 행사하는 고발 글로 저희는 판단을 하고 있어요. 항의가 들어온다고 해서 어떤 기준도 없이 저희 맘대로 삭제해 버리면 그것도 회원의 권리 침해가 되거든요. 쇼핑몰 주소라도 명확하게 써 놓았다면 그걸 근거로 삭제 통보를 하겠는데, 이분 같은 경우는 주소도 일부 가리셨거든요. 그 주소를 유추해서 그쪽으로 찾아드는 방문객 폭주까지 저희가 어떻게 해 드릴 수는 없는 일이고요. 그래서 원글을 쓴 분한테 양해를 구하기 전에는……. 일단 저희 임의대로 톡톡에서 완전 삭제할 수는 없고요, 메인 화면에는 노출되지 않도록 조치를 취해 드릴게요.”

여기까지 벌어진 일련의 상황을 말없이 듣고 있던 점장은 한참 뒤에 내게 먼저 말했다.

“……너, 되도록 빠른 시일 내로 돌아갈 준비 해.”

그게 다야?

하긴 그게 다겠지. 내가 여기서 함께 초조해한들 그들에게는 아무런 도움도 되지 않을 테니 말이다.

그래도 처음에는 어안이 벙벙했다. 그렇게 내가 못 믿을 사람이야? 이런 상황에 내가 이곳에 있으면 더욱 성가시고 귀찮아서 그러는 거야?

"지, 지금…… 그, 그러면…… 지금……이라도……."

지금이라도 떠나 주지. 못 할 거 없잖아?

말을 맺는 데 시간이 너무 오래 걸릴 것 같아서(실은 그들에게 남남에 불과한 내 입장에 대한 복합적인 감정으로 붉게 상기된 얼굴을 보여 주고 싶지 않아서) 나는 거기서 말을 줄이고 돌아섰다. 돌아선 눈앞이 갑작스럽게 막을 내린 무대처럼 암전되었다. 있고 싶을 때까지 있어도 된다고 말했던 건 누구였지? 상황이 달라졌다고 해서 바로 얘기가 바뀔 만큼 그 말은 가벼운 것이었는지.

그때 점장이 내 팔을 붙들었다.

"가만있어. 지금 말고 내일. 줄 거 있으니까."

나는 고개를 조금 끄덕이고 오븐 속으로 돌아갔다. 오븐 문이 열리는 철컹 소리가 무거웠다.

결국 나는 처음부터 지금까지 아무것도 아닌 채로, 이렇게 원래의 자리로 돌아가게 되는 거야. 어쩌면 나는 돌아갈 마음의 준비를 한다면서 실은 계속 숨거나 도망치려 했을 뿐일지도. 머리로는 땅의 감각을 알면서, 가슴은 허공에 붙들어 매여 있고 싶은 그넷줄과 같이.

일단 점장이 시킨 대로 위저드베이커리닷컴의 모든 물품에 대해 구매를 막은 뒤 팝업 창으로 새로운 공지를 띄웠다.

—더욱 새로운 모습으로 찾아뵙기 위해 홈페이지 공사 중에 있습니다. 빠른 시일 내로 문을 열도록 하겠습니다.

그리고 공지를 띄우기 직전까지 접수된 주문분에 대해 마지막으로 주문서를 출력했다.

파랑새가 평소보다 일찍 업무를 종료하고 오븐 속으로 들어왔다. 요 며칠 사이 가장 맑은 날이라 해가 지려면 아직 멀었는데.

“이제 내일이면 이별이니까.”

나는 그 말이 상투적인 과잉의 표현이라고 생각하고 희미하게 웃었다. 무슨 이별씩이나. 내가 집으로 돌아간 뒤에 밖으로 못 나오게 감금이라도 당한다면 모를까, 앞으로도 오며 가며 손님으로서 이 제과점에서 보게 될 텐데.

그러다 순간 갑작스럽게 어떤 생각에 닿아 고개를 들었다. 이들은 아마도 짐을 꾸리려는 거다. 어딘가로 떠날 작정을 하고 있다.

고작 그 글 하나 때문에? 그것이 운영에 큰 손해를 입히는 것까지는 알겠지만 그렇다고 떠나기까지 해야 한다니 이해가 가지 않았다.

"확실한 건 아니지만…… 우리가 만에 하나라도 경찰의 방문을 받으면 다른 곳으로 이사해야 할 가능성이 있어서. 손님에게 폭언을 했다고 조사를 받는 경우는 드물고, 보통은 식품위생법 위반이나 그런 거 들쑤셔 보려고들 하지. 지금까지도 우린 그런 식으로 살아왔어. 고발이 한번 들어오면 판을 엎고, 홈페이지도 문 닫고, 다른 곳에 가서 영업을 재개하고 하는 식으로. 사실 빵집 자체는 사업자 등록증을 어찌어찌 만들어서 굳이 옮길 것은 없는데…… 아무래도 쇼핑몰은 좀…… 그런…… 물건들로 라인업을 꾸렸다 보니까 가끔 영업 정지 공문 보내고 그래. 인터넷이 발달한 뒤로는 고발의 경로 자체가 활짝 열려 있어서 더욱 자주 걸리곤 하는데, 그래도 사흘이 멀다 하고 판을 접지 않을 수 있는 건 서버가 외국 거라서. 이번 같은 일도 결코 드물지는 않아."

점장은 나를 생각해서, 혹시라도 내가 곤란을 겪을까 봐 미리 빼 주려고 하는 거였다. 오븐 속에 숨는 데에는 한계가 있고, 그들이 피치 못할 사정으로 장기간 자리를 비우기라도 하면 나는 오븐에서 나올 수 없게 되고 마니까.

환영받지 못하는 자가 이 오븐 문을 밖에서 열면 삼면이 꽉 막힌 검은색 안쪽 벽면과 반죽을 얹어 놓는 트레이밖에 보이지 않는다. 평범한 오븐이 되어 버리는 것이다. 이곳에서 미적대고 있다가 그들이 예고 없이 사라져 버리면 나는 영영 오븐 속에, 이 상가 건물의 설계 도면에 포함되지 않은 가상의 공간에 갇히게 될지도 모른다.

나는 끝까지 이들의 짐이 되다가 하릴없이 가는구나.

내가 조금만 더 훌륭한 사람이었다면. 아니, 최소한 지금보다는 나은 사람이었다면…… 거기까지 갈 것도 없이 내가 최소한 나 자신이기만 했다면. 그랬다면 지금 같은 절망이나 무력감은 없었을까. 나라는 인간이 얼마나 도움이 안 되고 하찮은 존재인지를 깨닫는 순간과 마주하는 일은 견디기 힘들다.

"인간들의 세상에서 우리의 물품 판매 기록이나 그 손님들의 주장은 정황 증거밖에 되지 않으니까 별 상관은 없어. 과자를 가져다가 아무리 성분을 조사해 본들 기대했던 결과는 나오지 않을 테니까. 하지만 경찰이 한번 다녀가면 뭔가 꼬리를 밟으려고 정기 방문하는 수가 있어서 귀찮아져. 그래서 우리는 5년 전에 이리로 이사를 온 거야."

"5……5, 5년 전에, 여기, 왜, 어쩌다가."

역시 이번 일과 비슷한 종류의 소비자 항의와 고발 때문에?

파랑새는 잠깐 심호흡을 하는 듯 사이를 두었다.

"한 번, 딱 한 번."

해가 점점 기울어질 시간이었다. 파랑새는 말하지 못하는 새로 돌아가기 전에 이것만은 말해 두고 싶다는 듯 사뭇 비장한 말투였다.

"죽은 사람을 살린 적이 있어."

나는 아무 말도 하지 않고 가만히 눈만 깜박이며 다음 말을 기다렸다. 이런 이야기에 어떤 생리적인 반응을 보인다는 게 왠지 더 무례한 일 같았다. 그러나 마음속은 이미 고공 낙하 중이었다. 삶과 죽음에는 손대지 않는다던 사람이? 그랬던 적이 있어?

그것은 그들이 지방 어느 대도시에서 장사를 접고 이곳으로 이사를 와야만 하는 이유가 되었다고 한다.

그는 이전에도, 기억할 수도 없을 만큼 아주 오래전부터, 손에 닿는 죽어 가는 생명들을 살려 주며 살아왔다고 한다. 파랑새도 그가 구해 낸 생명 가운데 하나였다. 날개가 부러진 파랑새는 치료를 받고 정신 차린 뒤 알에서 깨어난 아기

오리의 각인처럼 그를 따르며 그의 곁에 머물게 되었다……는 옛이야기 속의 익숙한 패턴이지만, 사실 새가 제 날개로 날기를 포기하고 한곳에 머무르기로 작정한다는 건 보통 일이 아니다. 즉 파랑새는 그렇게밖에는 할 수 없었다. 재생 마법의 부작용으로 낮에는 인간이 되어 버렸기 때문에. 하루 중 절반을 인간의 몸을 하고서는 낯선 곳을 찾아 떠나기란 쉽지 않았다.

한편 그는 여러 죽어 가는 것들을 살리다가 결국 하나의 내밀한 욕망에 가닿았다. 지금까지 수많은 생물을 살리면서 한 번도 시도하지 않았던, 이미 숨이 끊어진 인간을 살려 보자는 거였다.

위험한 일인 동시에 해서는 안 되는 일이라는 사실도 알고 있었다. 마법사라면 누구나 말하지 않아도 아는 일이었다. 죽은 동식물은 죽음으로써 이미 우주의 움직임에 한 부분을 구성하는데, 분해되어야 할 것이 분해되지 않고 살아 움직여 버리면 물질계의 흐름에 부작용이 생긴다. 아주 미미하여 박테리아 크기만도 못한 변화에 불과하지만, 생물계의 먹이 사슬 체계를 교란하는 원인이 된다. 그래서 마법사는 삶과 죽음이라는 우주적 원리에 첨삭을 가하는 행위를 알아서 자중한다.

그러나 그건 또한 마법사가 언제나 부딪치는 유혹이다. 자신의 힘이 어디까지 미칠 수 있는지를 알고 싶은 충동. 삶과 죽음 사이에 존재하는 중력을 지배하고 싶은 욕망.

—한 번만, 딱 한 번만.

입술로는 이렇게 중얼거렸지만 사실 그가 되뇐 한 번이란, 본격적인 인명 재생에 들어가기 전 예행연습으로서의 한 번을 뜻하는 것이었다. 그는 무의식중에 연습을 성공적으로 마치고 나면 자신감이 붙어서 더 많은 사람을 살릴 수 있을지 모른다고 생각했다.

그래서 어떻게 해야 했을까?

연습용 인간, 실험용 모르모트가 필요했다. 시도 끝에 부작용으로 다른 개체로 변해 버리거나, 프랑켄슈타인의 피조물처럼 모습이 난감해지거나, 최악의 경우 고작 몇 걸음 걷다가 다시 쓰러져 죽고 마는, 여러 가지 불상사가 생기더라도 상관없는 인간. 원래 이승에 존재했을 때부터도 그다지 중요 인물이 아니었던, 좀 더 자세하게는 별로 인류에 도움이 되지 않았던 사소한 인간.

"그의 실수는…… 바로 그 '사소한 인간'이라는 게 존재한다고 믿었다는 데 있었겠지. 자신감 때문에 기본 중의 기본을 잊어버린 거였어. 사소한 생명이라는 게 있을 수 있다는, 마법사로서 가장 큰 자격 상실에 해당하는 생각이 잠깐 이라도 들었다는 것은."

그는 숨을 거둔 지 얼마 되지 않아서 부패가 진행되기 직전의 부랑자 시체를 입수했다. 그리고 이 순간을 위해 만든 화이트 코코아 파우더를 양쪽 콧구멍과 입 속, 귓속에 솔솔 뿌려 넣었다.

결과는 성공적이었다.

문제는 살아 돌아온 부랑자가 가장 먼저 한 일에 있었다.

그는 아마도 만취한 상태로 얼어 죽기 직전에 지난 세월이 눈앞을 주마등처럼 스치고 지나갔는지 어쨌는지, 다음에 다시 태어나면 꼭 그러고야 말리라고 작정했던 건지, 그날 하룻밤 동안에만 광분한 상태로 다섯 명을 해치고 스스로 삶을 마감했다. 경찰 조사에 따르면 한 명은 거액을 횡령하고 그의 사업을 망하게 한 동업자였으며, 네 사람은 그의 전 아내와 두 딸 그리고 아내의 새 남편.

하류 인생의 식상한 삼류 복수극. 그는 그렇게 간주하고 처음에는 시치미를 뚝 뗐지만, 경찰이 찾아와 피해자의 사진을 내밀었을 때 더는 그렇게만 생각할 수 없게 되었다.

가게의 단골손님이었던 이란성 쌍둥이 자매. 그는 기본적으로 어떤 손님이든 잘 기억하는 편이었는데, 그 아이들은 그중에서도 조금 특별했다.

무엇보다 그 아이들은 빵 하나를 고르는 데 있어서도 신중했다. 주로 가진 돈이 많지 않기 때문이겠지만, 빵을 잘 선택하는 데에 인생이 달려 있기라도 하다는 듯이 조심스러웠다. 그는 기본적으로 어린애라면 질색이었으나 선택을 조심스럽게 하는 아이들은 싫지 않았다……. 그리고 사실 그는 쌍둥이들이 왜 빵 하나를 그토록 오랜 시간에 걸쳐 두고두고 고르는지 알고 있었다.

쌍둥이 가운데 언니 쪽이 그에게 끌리고 있었다. 본인은 감춘다고 애썼지만, 가끔 멈칫거리며 돌아보곤 하는 눈길이나 과자의 부재료에 대해 묻는 말투를 비롯하여 모든 태도에 빤히 드러났다. 그는 그걸 알아차리고는 피식 웃으며 모르는 척했다. 그러나 모르는 척한다고 해서 무시하는 것은 아니었다. 그 나름 귀엽다고도 생각하고 있었다. 단지 그뿐이고 거기까지였다. 인간하고 엮일 처지도 아니었으니까. 다만 호감을 보여 오는 상대를 무조건 떨쳐 내기보다는 최소한의 성의를 갖고 대했다. 그것만큼은 영업용 미소가 아니라, 받아들일 수 없는 마음에 대한 일종의 정중하고도 우회적인 거절이며 그가 보일 수 있는 최선의 예의였다.

그는 사진을 보고 별다른 표정 변화 없이 돌려주면서 자주 본 얼굴이라고만 대답했는데, 그 침착한 태도가 오히려 경찰의 반감을 샀다.

—이거 보세요, 단골손님이 변을 당했다는데 아무 느낌도 없어요? 정말? 사람 상대하는 장사를 하시는 분이.

경찰은 일가족 몰살 뒤 아파트 15층에서 뛰어내린 남자의 재킷 칼라에서 화이트 코코아 파우더의 흔적을 발견했다. 그것이 사람의 정신을 조작하는 신종 마약류 가운데 하나이리라고 상정하여 조사에 들어갔다. 그러나 경찰은 특별한 이상 성분을 발견하지 못했다. 이 남자가 가출 후 실종 신고만 됐을 뿐 이미 한 번 죽었던 사람이란 사실을 모른 채, 그들은 단지 화이트 코코아 파우더의 흔적을 좇아 가게에 이른 것이었다.

점장은 갖고 있던 화이트 코코아 파우더를 모두 압수당했고 몇 번 경찰에 불려 다니기도 했지만, 그것들이 바닥날 때까지 성분 분석을 해 보았자 그냥 제과용 코코아 파우더일 뿐이었고 특별한 증거가 나오지 않아 결국 풀려났다. 그러나 그가 가게를 자주 비우고 경찰서를 오가는 것을 본 동네 사람들은 막연하게나마 일가족 살해와 그 사이에 모종의 관계가 있나 보다고 추측하기 시작했다.

그 뒤 가게에 홧김에 일으킨 화재와 함께 그의 인명 재생

프로젝트는 끝이 났다. 그는 그다지 눈에 띄게 쌍둥이에게 애도를 표하지 않았고, 얼마 지나 그 도시를 떠나온 뒤에도 쌍둥이에 대해서는 한마디도 하지 않았다. 그러나 파랑새는 평소 자신감 넘치던 그가 받은 충격과 자책의 정도를 뒷모습만으로도 감지할 수 있었다.

나는 비로소 지난 몇 가지 장면이 떠오르면서 그를 이해할 수 있었다.

—언제나 옳은 답지만 고르면서 살아온 사람이 어디 있어요. 당신은 인생에서 한 번도 잘못된 선택을 한 적이 없나요?

—틀린 선택을 했다는 것 자체가 잘못이라는 게 아니야. 선택의 결과는 스스로 책임지라는 뜻이지. 그 선택의 결과까지 눈에 보이지 않는 힘에 의존하기 시작하면, 너의 선택은 더욱 돌이킬 수 없는 방향으로 나아갈 거란 말을 하는 거야.

그는 아마도 정말은 그 쌍둥이를 살려 내고 싶었을 것이다. 그러나 그렇게 하지 않는 것이 자신의 틀린 선택에 책임을 지는 행위였다. 또는 앞으로는 틀린 선택을 하지 않기 위한 결심, 닫아걸음. 그것이 바로 선택을 함부로 남발하는 손님들을 차갑게 내치는 이유.

파랑새는 어느새 한 마리의 새가 되어 뻐꾸기시계 위에 올라앉아 있었다.

아침이 되어 날이 밝으면 돌아가야 한다. 처음 이곳에 뛰어들어 왔을 때와 사정은 크게 달라지지 않았고 나는 아직 마음의 준비가 되지 않았다. 귀결을 빤히 예상할 수 있는 싸움만큼 피하고 싶은 일이 또 있을까. 내가 돌아갈 곳은 일종의 화해와 미래에의 바람직한 전망을 목적으로 한 곳이 아니다. 맞닥뜨릴 것은 냉대 아니면 폭력. 그 시간을 무사히 견뎌 낸다면, 그리고 일이 무사히 풀릴지는 모르겠지만 혹시 진범이 밝혀지고 내가 아무런 잘못도 없음이 드러난다면, 그다음에는 계획보다 좀 이르긴 하지만 아버지에게 부탁해야지. 세 분이 사시고 저 이 집에서 떠나도 되나요? 아버지는 귓등으로도 안 들을 테고, 배 선생은 지금 어디서 대놓고 시위하는 개수작이냐고 소리를 지를 테지. 여보, 얘 말하는 거 들었지? 당신 아들이 처음부터 나와 무희를 옆집 강아지만도 못하게 봤다는 거 알겠지? 당신부터가 내 아들이니 네 엄마니 하면서 싸고도는 바람에 애가 어른 알기를 아주 우습게 알아. 그렇게 말함으로써 그녀는, 처음부터 당신을 인정하지 않고 마음을 닫아건 게 내 쪽이며 가정을 무너뜨린 주범이 나라고 강조할 테지.

바닥에 이불을 펴고 드러누워 그 이후의 구체적인 계획을 머릿속에 그린다. 그동안 모은 명절 용돈이랑 다 합치면 전 재산이 얼마나 되더라. 치사하고 더러워도 아버지에게 조금 보태 달라고 해야겠지. 고시원에 미성년자도 입실 가능한지 알아볼까. 피시방을 전전하며 살 수는 없고. 뭐든 간에 일을 얻으려면 나이는 속여야 할 거고, 오토바이 면허는 기본이고 그리고…….

응?

머리맡에 바스락거리는 소리. A4 용지 한 장. 아까 마지막 주문서를 출력해 줄 때 뭉치에서 흘렀나 보다. 몸을 일으켜 종이를 뒤집어 보았다. 15~20세 사이의 남자 부두 인형 1개. 난리 났군. 만드는 데 시간이 오래 걸린다고 그랬지 아마. 지금 갖다줘도 시간에 맞춰 만들 수 있을까. 보름날 밤이 아니니까 상관없을지도.

그런데.

어쩐지 낯익은 주소와 이름.

나는 한동안 가만히 서서 종이를 들여다보다가 조금씩 어깨를 들먹거리며 실소하기 시작했다. 그 실소는 나도 모르게 고조됐다. 정신을 놓은 듯 키득거리며 주저앉았다. 문득 눈앞이 희붐하게 흐려지며 출렁거렸다. 파랑새가 날아와 내 어깨 위에 앉았다. 나는 흐느적거리며 웃는 동안 파랑새가 부디 그 날렵하고 부드러운 날개로 내 따귀를 한 대 갈겨 주길 바랐다. 정신 차려, 제발.

당신도 이런 거 믿어? 아니면 믿지는 않지만 이런 상징이라도 갖고 괴롭혀야 속이라도 시원해질 정도로 나를 증오해? 내가 당신한테 무얼 어떻게 했다고?

거기엔 내가 살던 집 주소와 배 선생의 이름이 적혀 있었다.

바로, 그 순간

여전히 입가에는 실성한 듯한 웃음을 머금은 채였다. 더듬더듬 무어라고 나도 알 수 없는 말을 입 속으로 중얼거리며, 흘렸던 마지막 주문서를 디밀었다.

그걸 보고 점장은 아무 말도 하지 않았다. 물론 나는 그에게 나의 정확한 주소도 배 선생의 이름도 언급한 적이 없었다. 그럼에도 그는 나의 태도로 미루어 일이 어떻게 돌아가는지 알았고, 또한 그럼에도 한마디 말도 없이 곧바로 작업에 들어갔다.

나도 뭐 딱히 위로나 구원의 말을 기대한 건 아니다. 그는 (성분이 좀 수상하지만 어쨌든) 물건을 파는 사람이고, 주문자의 요청에 따라 상품을 만든다. 나는 무얼 바랐지? 그가 이따위 의뢰는 받아들이지 않겠다는 말을 해 주기를 기다렸나?

아무리 그래도 이렇게까지 닮게 만들 건 없는데.

점장은 주문받은 대로 마지팬 공예로 15~20세 사이 남자의 부두 인형을 만들었다. 실물이 옆에 있어서 그런지 망설이지 않고 빠른 시간 안에, 내가 봐도 닮은 얼굴을 빚어냈다. 평소 그것을 만들 때는 파랑새조차 옆에 있는 걸 싫어하는데, 이번에는 옆에서 내가 밤새 뜬눈으로 지켜보고 있는데도 저리 가라는 말이 없었다. 아, 그렇겠지요, 모델이 필요하셨을 테니. 그것이 완성됐을 때는 어느새 새벽이었다.

가게로 올라온 파랑새는 완성품을 보고는 우뚝 멈추어 섰다. 나는 체념 섞인 미소를 지으며 나의 복제품을 올려놓은 식탁 옆에 앉아 있었다.

파랑새가 천천히 망설이듯 입을 열었다.

"이건……."

그만해. 나도 알아. 이건 해도 해도 너무하다고?

점장은 여전히 아무 말도 없었다. 이제는 누군가가 대신 말해 주기를 기다리지 않고, 내가 나의 의지로 나의 선택에 대해 말할 차례였다.

"나……."

파랑새와 점장이 거의 동시에 나를 바라보았다.

"나, 그, 그러니까, 어, 아, 알겠지만…… 이, 이건, 나, 내가, 직접, 갖고…… 가서…… 전해…… 줄게요."

점장은 한참 동안 나를 바라보다가 이윽고 고개를 끄덕이고는 제품을 조심스럽게 포장해 주었다.

"그렇게 해."

단지 그것뿐이다. 제발 정신 차려, 뭐라고 말해 주기를 바란 거야? 아무래도 이건 안 되겠다고, 못 할 짓이라고, 인형을 바닥에 떨어뜨리고 밟기라도 해 주길 기대했냐고.

점장은 커다란 종이봉투 안에 포장한 뭉치를 담고 카운터에 올려놓았다. 인형 자체도 그렇게 작지 않았는데 상자에 에어 캡까지 몇 겹으로 싸고 보니 부피가 한층 더 커 보였다. 이 눈에 띄는 걸 아버지가 보면, 그리고 이걸 배 선생이 샀다는 걸 알면 뭐라고 생각할까? 배 선생은 정말로 이걸 사용하려고 샀나? 진심으로 밤마다 인형의 머리나 가슴에 핀을 꽂을 작정인가? 집에 돌아가면 어떻게든 한 번은 맞서 보리라 했던 마음이 이 인형 하나로 상당 부분 사그라졌다. 일반적으로 미신이나 헛짓거리로 치부하는 이런 일을 할 만큼 나이가 적지도 않고 소위 사회적으로 인정받는 교육자이기까지 한 사람이, 실현 가능성을 믿어서가 아니더라도 나를 저주하기 위한 인형까지 샀는데 그 앞에 대고 내가 무슨 말이나 결심을 할 수 있겠어.

“잠깐 실례합니다.”

그때 풍경 흔들리는 소리와 함께 두 남자가 나타났다. 직감으로 경찰이란 걸 알았다. 빨리도 납셨군. 나는 카운터 위에 놓인 종이봉투를 슬며시 집어 들었다. 그때 두 남자 중 하나가 제지했다.

“학생, 그거 내려놔.”

나는 봉투를 잡은 그대로 손을 멈추었다. 다른 한쪽 남자가 지갑을 펴서 신분증을 점장에게 보이며 빠르게 말했다.

“신고가 여러 군데서 한꺼번에 많이 들어와서, 같이 좀 갑시다. 주인 맞죠?”

점장은 살짝 각도가 비뚤어지고 심드렁한 고갯짓으로 대답을 대신했다.

“김 경장, 여기 물건들(진열대의 빵들을 가리켰다.) 박스에 쓸어 담아. 그리고 거기는 직원? 같이 좀 가 줬으면 좋겠어. 그리고 학생은…… 손님인가? 이쪽 말 못 들었어? 그거 내려놔. 필요하니까.”

나는 나도 모르게 종이봉투를 더욱 힘주어 움켜쥐었다.

인형의 모양이 망가지지 않을 정도로 가슴에 끌어안았다. 바스락 소리가 귓바퀴를 긁었다. 이따위 인형, 배 선생에게 갖다주지 않아도 그만이지만 하필이면 내 모습을 꼭 빼닮은 부두 인형이다. 그들이 이곳에 온 사안이 정확히 무엇이든 간에 이건 점장에게 유리할 리가 없다.

"안 내려놓을 거면 너도 같이 가든가. 김 경장, 얘 손에 든 것부터 뺏어."

그때 점장이 천천히 입을 열었다.

"너희 둘, 귀 막아."

나는 종이봉투 끈을 어깨에 걸친 채로 파랑새가 하는 모양을 따라 두 손바닥으로 귀를 틀어막았다. 그리고 그가 입을 열었다. 있는 힘을 다해 귀를 막고 있어서 뭐라고 말하는지는 들리지 않았지만, 입 모양으로 보아서는 '입 닥쳐, 움직이지 마.' 뭐 이런 말인 것 같았다.

공기가 바뀌었다. 그들은 정말로 혀와 몸이 굳어 버린 듯 그 자리에 말없이 서 있었다. 눈동자조차 굴리지 못하면서도 그 눈빛은 당혹스러움을 뚜렷이 드러냈다.

"이제 가. 뛰어, 시간 없어."

그의 명령 한마디 한마디가 벼락처럼 떨어지자 나는 고개를 홱 돌리고 문을 향해 뛰었다.

"잠깐."

문을 막 열었을 때 그가 다시 불렀다. 돌아보는 내 얼굴에, 기름종이로 포장된 가벼운 무언가가 던져졌다. 반사적으로 그걸 붙잡았다.

"그거 갖고 가."

뭔지 모르지만 줄 게 있다고 했지. 나는 정신없이 그걸 쥐고 달렸다. 고개를 돌리기 직전 그와 파랑새의 모습을 눈 속에 담아 둔 것이 인사의 전부였다. 금방 끝내고 언제든 다시 올 거니까, 부디 어디로도 가지 마. 그러나 금방 끝내자는 건 나의 희망 사항일 뿐이었다.

아파트 단지 안으로 깊숙이 들어서고 나서야 나는 숨을 고르고 뒤를 돌아볼 수 있게 되었다. 아무도 쫓아오지 않는다. 주문의 유효 시간은 얼마나 될까. 보이지 않는 주술에 몸부림도 칠 수 없던 그들은 풀려난 뒤 더욱 그를 해코지하지 않을까. 그것만 쓰지 않았더라도 단순 조사로 끝났을지 모르는 일인데 나 때문에 더 곤란해졌겠다.

걸음을 늦추었다. 긴장한 어깨 근육에 힘이 풀리고, 걸쳐 놓았던 종이봉투가 아래로 미끄러졌다. 주먹을 꼭 쥐고 있던 손에도 힘이 풀려 손바닥에서 땀이 식는 게 느껴졌다.

툭. 발밑을 내려다보았다. 무언지도 모르고 정신없이 쥐고 왔던 작은 기름종이 뭉치가 떨어졌다.

어, 맞다. 이게 뭔데 굳이 도망가는 사람을 불러 세워서까지 줬을까. 안의 내용물이 상하지나 않았는지, 걸어가면서 기름종이를 봉한 스티커를 떼어 펼쳐 보았다.

다시 떨어뜨릴 뻔한 걸 반사적으로 손바닥에 힘주어 잡았다.

어째서 이걸 나한테?

살인적으로 비싼 데다, 잘못 쓰면 인류 멸망에 준할 정도로 위험하다는 이것을.

타임 리와인더.

나는 잠시 걸어가는 것도 잊고 가만히 선 채로 생각했다. 이것은 그저 평범한 머랭쿠키일지도 모른다. 먹기 전까지 안의 내용물을 확인할 수 없다. 그러나 굳이 단 한 개의 머랭쿠키를 만들어 꼼꼼하게 포장까지 해 준 의미는 무얼까.

이도 저도 고민할 것 없이 먹어서 확인해 보면 그만이잖아? 집어 들었다가 다시 손을 거뒀다. 집으로 돌아가는 것을 고민해 온 동안, 이것은 앞으로 생길 수 있는 어떤 일에도 들어 있지 않은 경우의 수였다. 나는 언제로 시간을 돌릴지 생각도 안 해 본 것이다. 아무런 결정 없이 이걸 먹으면 손으로 부술 때만큼이나 평범한 머랭쿠키가 되고 만다.

배 선생과 만나기 전의 시간으로? 아니면 엄마가 떠나기 전의 시간으로? 그것보다 조금만 더 과거로 거슬러 올라가서, 내가 청량리역에서 헤매기 전의 시간으로? 잠깐만, 그렇게 수많은 시간을 감아도 되는 거야? 시간 되감기에 대해 아무런 대가도 지불하지 않은 내가? 그…… 균열은 어쩌고? 타격은 어쩔 건데?

다시 한 발짝씩 떼어 놓기 시작했다. 그는 아무런 조건 없이 이걸 내게 주었다. 아마도 그가 다룰 수 있는 마법 가운데 최선의 힘이 여기 들어 있을 터다. 그는 허락한 것이다. 존재하는 모든 생명이 책임을 나누어서 진다고, 시간을 얼마든지 원하는 대로 감아도 좋다고.

잊고 있었던 사실을 되새기고는 일단 걷는다. 되돌릴 수 있는 시간은 명확해졌다. 인연은 어떻게든 바뀔 수 있으나 운명은 돌이킬 수 없다고 그랬다. 엄마를 살아 돌아오게 할 수는 없다. 그러면 자연스럽게 선택할 수 있는 시점은 배 선생을 만나기 이전이다. 그것이 살아 있는 모든 것들에게 지나치게 부담을 주는 시간 되감기라면, 최소한 배 선생과 미묘하게 사이가 틀어지기 전의 시점. 그것조차 무겁다면, 그러면 언제로? 무희가 불행해지기 전의 시간으로? 그런데 무희가 언제부터 그런 일을 겪었는지 내가 정확히 아나? 게다가 운이 좋아 그때로 되돌린들, 나의 선택 사항과 완전히 무관한 길을 걷게 될 무희가 또다시 같은 일을 통과하지 않으리라는 보장이 있나?

언제가 됐든 간에 길바닥에서 아무렇게나 때려 맞힐 수 있는 문제는 아니라고 생각하며 먼발치에 보이는 집 쪽으로 걷는다. 오늘 배 선생과 일단 부딪쳐 보고 나서, 그쪽이 어떻게 나오는지를 보고 나서 결정해도 늦지 않아. 고작 오늘을 모면하는 데에 쓰기에는 손안에 쥔 힘의 크기가 너무나 우주적이니까.

초인종을 누를까. 문득 시간을 보니 집에 아무도 없을 것 같았다. 아버지는 토요일에도 자주 회사에 나갔고, 배 선생도 지금쯤 학교가 개학했을 거다. 무희는 학원 몇 군데 가던 걸 중단했는데 지금쯤 방과 후 교실이라도 다니려나.

바지 주머니 속에 줄곧 들어 있던 집 열쇠는 따뜻했다. 집이란 곳이 이 작은 쇠붙이만큼이나 따뜻했다면, 그랬다면 아마도 나는.

열쇠를 꽂고서도 누군가가 집에 있을까 싶어 최대한 조심스럽게 돌렸는데도 쇠붙이가 내는 마찰음이 귀를 긁었다. 뭐 도둑질하러 들어온 것도 아니니 누가 집에 있든 무슨 상관이겠냐만 돌이켜 보니 나는 언제나 집에 도둑처럼 드나들었다. 어느 영화인가 해외 토픽이었나, 집주인이 도둑과 함께 살고 있는 것조차 몰랐을 정도로 조용했다던 얘기를 들은 것 같다. 이 넓지 않은 집에서 서로의 눈을 마주치지 않기 위해 우리는 얼마나 애썼나.

누구를 탓할 일은 아니다. 처음부터 서로 잘해 보자거나 친해지자는 노력 대신 우리는 각자 택했던 것이다. 배 선생은 통제와 압박 또는 권위에의 욕망을, 나는 나대로 거기에 전혀 감응하지 않는 냉소와 무관심을. 배 선생의 일련의 태도들은 약간 왜곡되긴 했으나 그것도 나름대로 내 엄마가 되고 싶은 몸부림의 일종이었을 테다. 내가 아버지에 대한 한 점의 분노도 없이, 가족의 기원과 속성에 순종하며 그녀의 욕망 아래로 미끄러져 들어가 주었더라면 모든 일이 지금과는 달라졌을까.

왠지 꼭 그러지는 않았으리라는 생각이, 눈앞의 광경을 보고 들었다.

나는 현관문을 조용조용히 닫고 들어와 작은방과 부엌과 식탁을 지나친 참이었다. 그때까지만 해도 집에는 아무도 없는 줄 알았다. 이때 나는 더 이상 집 안을 둘러보지 않고, 배 선생의 말마따나 '여기서부터 당신 공간'인 거실을 가로

지르지 말았어야 했다. 현관문 바로 옆의 내 방으로 쏙 들어가 문을 닫았어야 했다. 그러나 나는 집 안 어디선가 일어나는 절망과 슬픔이 담긴 작은 소리의 정체를 찾아 반사적으로 고개를 돌려 보았으며, 그 소리의 근원지가 안방임을 알아차렸던 거다.

무희가 침대에 앉아 창문에 머리를 기댄 채 얼굴을 찡그리며 뭐라고 울먹이고 있었다. 뒤통수밖에 보이지 않는 남자가 무희의 옷 속에 손을 넣고 있었다. 도와줘야 한다, 소리를 지르고 상대를 쫓아내야 한다.

누구든 간에. 그러나 지금까지 있었던 나의 말더듬은 이 순간을 위한 예행연습에 지나지 않았다는 듯, 목구멍이 탁 막혀 아무 소리도 나오지 않았다. 그때 무희의 눈이 나와 마주쳤다. 무희는 울면서 상대의 어깨를 주먹으로 내리쳤다. 그러자 상대가 고개를 들고 내 쪽으로 눈길을 돌렸다.

나는 거기서 낭패인지 경악인지 알 수 없는 요소로 가득 찬 아버지의 얼굴을 보았다. 나 또한 같은 얼굴을 하고 있었을 테지만, 이게 어떤 상황인지 못 알아차릴 만큼 내가 머저리는 아니었다. 번뇌는 엿보이지만 죄책감은 아닌 듯한 아버지의 표정과, 문밖으로 뛰쳐나가려면 나를 지나쳐야 하기에 그러지 못하고 있는 무희가 옷을 추스르는 소리와, 어깨에서 종이봉투 끈이 미끄러져 내리는 감각.

이제 나는 비로소 알 수 있었다. 꿈속에서조차 나의 봉변에 무표정하거나 무관심했던 아버지의 얼굴. '안 좋은 소문 나고 여자애 앞길 망치게 뭐 하러 걸고 넘어져…….' 비열하지만 실용적이기까지 했던 충고. 그 말의 의도는 바로.

"아, 아…… 그……."

나온다. 나와 줘. 어떻게든 소리를 내. 그러나 목구멍 속에서 손이 나와 성대를 잡아당기기라도 하는지 소리는 까마득한 어둠 속으로 침몰했다.

"……뭐 하는 짓들이야?"

등 뒤에서부터 서늘한 목소리가 어깨를 타고 넘어왔다. 문간에서 망연자실 현장을 바라보고 있던 내 뒤에 어느새 배 선생이 서 있었다. 이게 어떤 상황인지 판단하는 데 시간이 걸리는지 그녀는 거기에 수 초쯤 서서 아무런 반응이 없었다.

그러다 나를 밀치고 안방으로 성큼성큼 들어섰다. 그 바람에 나는 문틀에 어깨를 부딪치고 타임 리와인더를 툭 떨어뜨렸다. 머랭쿠키로밖에 보이지 않는 그것이 바닥에 자잘한 가루를 흩뜨렸다.

배 선생은 일단 말없이 아버지의 멱살을 잡아 흔들기부

터 했다. 이런 광경을 봤으니 말이 뜻대로 나와 주지 않는 거겠지만.

"이…… 이…… 이……."(이건 절대 내가 낸 소리가 아니다.)

아버지는 배 선생의 눈길을 피하여 스르르 고개를 돌렸다. 그러나 좌로 돌리면 이미 모든 감각을 잃어버린 무희의 말 없는 눈동자가 있고, 우로 돌리면 주저앉을 명분마저 찾지 못하는 내 얼굴이 있다. 아버지, 뭐라고 변명한들 소용없으니 그냥 정면을 마주 보았으면.

"이…… 개새끼야아아아!"

배 선생은 아버지의 멱살을 밀어젖혀 넘어뜨리고는 곧이어 안방에 있던 것들 가운데 손에 잡히는 대로 아버지한테 집어 던지기 시작했다. 베개와 책을 시작으로 점점 강도가 세져서 리모컨, 탁상시계, 화장품 병, 침실용 스탠드까지. 화장품 병을 정통으로 맞은 아버지의 이마에서 피가 흘렀고, 벽에 가서 맞고 부서진 탁상시계의 파편이 무희의 다리를 할퀴었다. 또 다른 화장품이 옷장에 맞아 산산조각 나고, 이 상황에 어울리지 않는 라벤더 향기가 확 끼쳐 올라왔다.

자, 이제 좀 진정하고……라는 아버지의 낮은 목소리가 한마디 끝나기도 전에 배 선생은 자기 머리를 쥐어뜯으며 비명을 질렀다.

"지금 진정하게 생겼어, 이 개새끼가!"

배 선생이 화장대 위를 팔로 한번 쓸자 거기 있던 모든 것이 떨어져 내리고 산산이 부서졌다. 그다지 치명적인 도구는 아니지만 하필 화장대 필통에 눈썹 다듬는 칼이 꽂혀 있었다. 배 선생은 그걸 발견하고는 바로 움켜쥐고 아버지에게로 몸을 돌렸다. 그걸로 뭐 하시려고요? 제대로 된 자식 같으면 이 상황에 아버지 앞으로 몸을 날려 배 선생이 행여라도 그 눈썹용 칼로 아버지의 경동맥을 긋는 일이 없게끔 하겠건만, 지금의 내가 아버지한테 그런 의리고 뭐고 남아 있을 리가.

그러다 배 선생은 문득 배경지처럼 아무 반응도 없이 서 있는 내 모습을 비로소 알아차리고 이번엔 내 쪽으로 몸을 돌려 다가왔다. 잠깐, 왜 또 나야? 나 아닌 거 똑바로 봤잖아?……가 아니라 지금 엉망진창으로 뒤엉킨 배 선생의 머릿속에서는, 부자가 작정하고 둘이서 아이를 범했다는 결론이 나와 있을 거라는 판단이 들었다.

바로 이 순간이다. 시간을 되돌려야 할 때는. 이건 계획에 없던 일이기 때문에, 정말이지 나는 정상적이고 논리적인 대화를 비롯해 언제나와 같은 냉소를 예상하고 왔을 뿐이라서, 이런 상황을 감당하라는 건.

"네놈이…… 다 네놈 때문에!"

그러니까 왜 그게 다 나 때문이냐고. 배 선생이 나한테로 몸을 던지는 것이 슬로 모션으로 비쳤다. 거의 동시에 나는 무릎을 굽혀 바닥에 떨어진 타임 리와인더를 줍고 있었다. 이제 입에 넣어야 한다. 부수어야 한다. 잠깐, 언제로 돌려? 몇 년도로? 우리가 처음 만난 게 언제였더라? 아 씨발! 이 모든 생각이 0.1초 사이에 머릿속을 뒤흔들며, 어느새 나도 모르게 절규하고 있었다.

"돌아가! 돌아가! 돌아가! 돌아가! 돌아가!"

Y의 경우

어딘지 모르게 낯익은 얼굴이다. 전생에 알던 사람인가?

재혼 클럽에 다녀온 할머니가 들이민 네댓 장의 사진 가운데 아버지가 한 장을 골랐다. 그런데 사진 속 얼굴은 어디선가 본 적 있는 것 같았다. 아주 오랜 옛날, 내가 태어나기 전부터 알고 지낸 것 같은 느낌으로. 그렇게 두드러진 특징이 있거나 기억에 남을 만한 모습이 아닌데 어째서?

나란히 한일자를 그린 눈매와 입술 때문에 화났는지 즐거운지 알 수 없는 표정. 지나가다 흔히 볼 수 있는 이목구비여서 낯익다고 느낀 모양이다.

할머니는 처음부터 그 사람으로 염두에 두고 있었다는

듯 안도의 한숨을 쉬고 말했다.

“잘 생각했다. 이제 애 에미는 잊고 새 출발 해야지. 늙지도 않은 남자가 애 데리고 혼자 쩔쩔매면서 살아 봐라, 얼마나 주위에서 손가락질들을 해 대는가. ……이 양반은 음…… 사별은 아니고 이혼했다는데 뭐 그리 걱정할 것 없다. 이 양반 잘못이 아니라 전남편이 주식에 미쳐서 빚만 2억 가까이 됐다지 아마. 노름이나 계집질 같은 거 안 하고 성실한 사람한테는 그만큼 잘해 줄 양반이다.”

할머니는 호구 조사 내역이 상세하게 기억나지 않는 듯, 파일을 몇 장 넘기며 안경알을 올리고 들여다보다가 말을 이었다.

“어린 딸 하나 있고…… 제 엄마 닮았어. (나를 흘끗 보며) 얘한테도 탈 없이 잘할 거다. 어쨌거나 학교 선생인데 공평무사하기로는 이를 데 없겠지. 야, 요즘 세상이 어떤 세상이냐. 마누라가 학교 선생, 하면 그걸로 얘기 끝이다. 죽을 때까지 연금이 나오는 직장이잖냐. 네가 다니는 회사가 그런 호사를 누리게 해 줄 것 같으냐. 음식 솜씨도 좋고 살림살이도 야무지게 잘하고……. 처음 결혼할 때 신부 수업하느라고 요리 학원도 다녔다지 아마. 뭣보다 이혼하고 나서도 시부모 제사를 지냈을 정도로 어른들을 공경한다니

안심이다. 물론 결혼하면 전 시부모 제사는 그만둘 거란다. 여러 말 할 거 없이 날짜부터 잡고 상견례랑 기타 번잡스러운 것들은 차근차근 하자. 애 딸린 홀아비 주제에 별 볼 일 없는 회사 부장밖에 안 되는 네가 초등학교 교사를 마다하면 다들 배때지가 불러 터졌다고 할 거다."

아버지는 서류철에 꽂힌 전신사진, 측면사진, 정면 클로즈업 사진을 후루룩 넘기고 그 뒤로 차례로 붙어 있는 몇몇 서류를 보았다. 대학 졸업 증명서라든가, 대학 다닐 때 학점은 얼마나 좋았는지, 현재 어느 초등학교에 근무 중이라는 재직 증명서, 변동이 크지 않고 비교적 일정한 재산 내역이 적힌 명세서, 전남편과의 이혼 사유를 자필로 적은 것 등. 자신의 하얀 속살을 모두 발라내어 보인 물고기 같은 일련의 서류들이 한 뭉치였다.

옆에 앉아 아이스크림을 먹고 있던 내게 아버지는 전신사진을 슬쩍 들이밀었다.

"너도 봐, 네 엄마가 되실지 모르는 분이니까."

아버지가 장난스럽게 말하자 할머니가 역정을 냈다.

"관둬라. 애가 무얼 안다고 이런 걸 보여 주냐."

"어머니, 저는요, 애가 당연히 볼 권리가 있다고 생각해요. 얘한테 어떤 결정권이나 선택권을 주겠다는 뜻이 아니에요. 엄마가 될 사람을 미리 봐서도 안 되나요?"

나는 아버지가 내미는 전신사진을 곁눈질로 흘끔거렸다. 아버지가 서너 명의 사람 가운데 할머니의 취향에 맞춰서 골랐다는 걸 알 수 있었다. 할머니는 이 서류 뭉치들을 주섬주섬 꺼내면서 아버지한테 이렇게 말했었다.

—여자가 너무 예뻐도 얼굴값 하느라고 집안에 우환이 생긴다. 그저 서글서글하고 남들이 고개 돌릴 만큼 못나지만 않으면 된다.

처음 사진을 보았을 때 느꼈던 그 불가해한 감각이 마음속에서 갈수록 부피를 키워 갔다. 나는 스르르 눈길을 피했다. 할머니는 딱하다는 듯이 혀를 두어 번 차더니 나머지 서류를 거두어 갔다.

"여러 말 말고 그 사람으로 결정해. 내가 업체에다가는 말 전해 둘 테니까. 이번 주말 비워라. 종로 3가로 약속 잡아 놓으마."

"주말은 그렇게 할게요. 하지만 결정 났다고 얘기는 하지 마세요. 만나 봐야 아는 거니까."

"대체 뭐가 문제냐. 만나 보지 않고도 알게 해 주려고 이 많은 서류를 싸안고 왔는데."

할머니는 툴툴거리며 식탁을 물렸다.

*

"다녀올게요."

현관문을 나서기 전에 텅 빈 집에다 대고 인사했다. 꼭 필요한 최소한의 세간붙이들에 그 목소리가 부딪쳐 울렸다. 들어 줄 이 없는 인사를 빼먹지 않는 이유는 부적이나 굿 같은 거다. 이 집이 나 말곤 아무도 안 사는 텅 빈 집이라는 걸 애써 잊기 위한.

할머니가 송금한 영치금과 옷가지를 챙겨 나가는 중이다.

아버지가 여아 성추행으로 구속된 건 작년 일이었다. 어린이날이었다. 설, 추석, 크리스마스 등과 함께 어린이 관련 제품이 대목을 맞이하는 시기. 보통 연휴들을 끼고 1년에도 수차례 코엑스 같은 전시회장에서 크게 열리는 캐릭터 박람회. 아버지는 거의 늘 현장에 있는 사람이었고, 고객들과 접촉하는 장소가 어렵지 않게 범행 현장이 되곤 했다는 것이 조사 과정에서 밝혀졌다. 일이 보도된 다음 날 회사에서는 아버지 앞으로 해고 통보서를 보내왔다.

아버지는 인과응보인데, 이 소문이 퍼지는 바람에 나는 다음 주에 멀리 떨어진 학교로 전학을 가게 됐다.

그러나 할머니는 아버지가 그렇게 된 걸 두고 나 때문이라고 화살을 돌렸다.

아버지는 6년 전, 결국 사진 속의 사람과 결혼하지 않았다. 할머니는 새 부인을 얻기 전에는 추석 때 얼굴 들이밀 생각 따위 하지 말라고 펄펄 뛰고 갔다.

이유는 없었다. 어쩌면 이유가 있을 텐데 무언지는 몰랐다. 사진 속의 사람과 그 딸이 내 앞에 나란히 나타나 다녀간 다음, 이분과 결혼할 거니까 가만히 보고만 있으라고 아버지가 말했을 때 나는 알 수 없는 어떤 힘에 이끌리기라도 한 것처럼 고개를 저었던 거다.

"아니, 나는 싫어요."

처음에는 분명 상관하지 않겠으니 원하시는 대로 하라는 말이 목울대 어딘가에 걸려 있었다. 그런데 목구멍보다 더 깊은 곳, 마음 밑바닥에서 누군가 경보를 보내고 있었다. 조심해, 잘 생각해. 이건 왠지 심상치 않다는 생각이 들었고, 게다가 이토록 평범한 얼굴인데도 자꾸 어디선가 본 것만 같다는 느낌이 지워지지 않는 것도 꺼려졌다. 이상해, 보았다면 동네 슈퍼에서 오다가다 마주쳤을 법한 얼굴인데 어째서 이토록 선명한 거지? 그때까지는 그나마 감각이 흐릿했지만, 함께 나타난 딸을 보자 둘을 세트로 어디선가 틀림없이 봤다는 확신이 들었다.

"혹시 어디서 저 보신 적 없으세요?"

딸을 데리고 온 아줌마는 무슨 말인지 모르겠다는 듯 고개를 갸우뚱했다.

"글쎄, 모르겠네. 내가 누구랑 닮았니? 뭐…… 어디서 봤으면 또 어때서. 그렇지?"

그녀는 갸우뚱하게 기울어진 얼굴에 미소를 그리며 대답했다.

그랬다. 본 적 있고 없고 자체는 사실 크게 상관없는 일이었다. 그러나 그건 그 기시감이 무색투명하며 무미무취할 때나 해당했다.

엄마가 떠난 뒤로 자기주장이라곤 해 본 적이 없는 내게서 그런 대답이 나오자 아버지는 조금 당황스럽다는 듯 웃다가 내 등을 쳤다.

"이 자식, 어른들이 결정한 일인데 끼어들면 안 되지. 사실은 말이다, 음, 이 아빠도 결코 좋아서 결혼하는 건 아녜요. 너도 물론 친엄마가 많이 그립고 그렇겠지만 생각해 봐, 네 엄마가 널 몇 번을 버렸는지. 엄마 자격이 있냐 말이야. 그런 엄마를 뭐 하러…… 그런 마음은 차라리 눈앞에 살아 있는 사람을 정해 두고 나눠 주는 게 옳지."

아니, 아니에요. 도대체가 나를 어린애라고 좀 생각지 마요. 지금 내가 고작 친엄마가 그리워서 이러는 줄 알아요? 왠지 느낌이 이상하단 말이야. 딱히 뭐라고 집어 말할 수는 없는데 이 아줌마의 사진을 보면 왠지 모를 체증이 일어나고, 뼛속에서 뭔가 구조 신호를 보내듯이 찌릿찌릿하고, 온몸의 세포가 비명을 지르고, 뉴런이 촉수를 세우며, 이 모든 게 나더러 막아! 도망가! 하고 외치는 것 같다고.

"지금 좀 맘에 안 차더라도 친해지려고 노력해 봐. 조만간 집에 다시 한번 모시고 올 테니까. 그러면 조금은 익숙해지겠지."

"아니, 싫다고요. 싫단 말이에요."

"이 자식이 점점 왜 이래? 대체 이유가 뭐야?"

"몰라요. 그냥, 그냥 싫어요. 하지 마요."

"너 그러면 이 아빠가 평생 혼자 살았으면 좋겠어? 아빠도 아빠지만 너도 너야. 허구한 날 부실한 반찬에 꼬들밥, 눅눅하고 구겨진 옷, 이렇게 지내는 게 좋아? 도우미 아줌마가 해 주시는 걸로는 한계가 있다는 걸 너도 알잖아? 학교에 다녀오면 집에 반겨 주는 사람이 아무도 없는 게 좋아?"

"동기가 불순한 거 알아요? 그런 이유 때문에 결혼을 해요?"

"이 자식이 주둥아리만 살아서, 코딱지만 한 게 어디서 그런 사고방식을 주워들었어? 하여간 저놈의 티브이를 내다 버리든지 해야지."

엄마라는, 또 아내라는 존재의 위상에 대한 아버지의 고정 관념과 그동안의 여러 장면들로 미루어 볼 때, 아무도 내게 말해 주지 않았지만 어째서 엄마가 나를 버리고 자기 자신도 스스로 버렸는지 조금은 이해할 것만 같았다.

아버지는 지나간 일을 이야기할 때면 엄마가 나를 청량리역에 내버렸다는 사실만 강조하고, 당신이 실종 신고를 하지 않았다는 사실은 쏙 빼먹었으며, 다른 부가 사항들에 대해서는 아마도 내가 전혀 모르는 줄 알았는지 아예 입을 다물고 있었다. 아버지의 컴퓨터를 뒤지다가 내가 들어가자 창을 닫아 버리던 엄마. 갑자기 나를 바라보며 한번 꼭 끌어안은 엄마의 가슴에서 느껴지던, 비정상적인 심장 소리. 웬 아이를 데리고 온 정체불명의 여자와 드잡이를 하던 엄마. 아빠한테 머리채를 잡힌 채로 거실 바닥을 질질 끌려다니던 엄마. 어째서 이 모든 것에 대해서는, 처음부터 없었던 일이라는 듯 묻어 두고 있는 거지?

"이 새끼가 태클 걸어서 안 되겠다잖아요. 아! 어머니, 왜 자꾸 그러세요. 저 그동안 아비 노릇 제대로 해 본 적 없지만요, 그래도 평소에 전혀 좋다 싫다 말 없던 애가 이렇게 기를 쓰고 덤비는 데는 뭔가 이유가 있다고 생각해요. ……뭐 아직 때가 아닌가 보죠. 네. 아, 제가 뭐랬어요? 결정권, 맞아요, 저나 어머니한테 있는 거 맞겠죠. 하지만 제가 애 의견을 하나도 반영 안 하겠다고 하지도 않았잖아요. ……그러니까 그냥 다음으로 미루시라고요. 애한테 그러지 좀 말라니까요? 준비가 안 됐나 보죠."

그리하여 아버지가 내 말을 귀 기울여 들어 준 것은 지금까지 그것으로 단 한 번이었다. 그리고 현재에 이르렀다. 여러모로 썩 만족스러운 상황은 아니다. 수치와 오점과 불편이 한꺼번에 몰아닥쳤다.

만일 그때 내가 아버지를 막지 않았으면 지금 우리는 어떻게 달라졌을까를 상상해 보곤 한다. 어쩌면 결혼과 함께 평화와 안정이 찾아왔을 수 있다. 오히려 주말에 하는 전형적이면서도 동시에 고답적인 가족 드라마 같은 우애를 형성하고, 집이 지금보다는 조금 더 집 같았을 수도 있다. 그리고 나는 한때 스쳐 간 어설프고 황당하며 구체적인 설명이 불가능했던 일종의 예감을 비웃었을지도 모르지.

그 뒤로 한 해, 또 한 해마다 할머니는 서너 장의 사진을 갖고 왔고, 신기하게도 나는 더 이상 그 사진들을 바라보며 어떤 미묘하거나 불길한 느낌이 생기지 않았기에 이제는 아버지에게 전적으로 선택권을 넘겼다. 아버지는 할머니가 바란 대로 몇몇 사진 속의 사람들과 부지런히 만남을 가졌지만, 인연으로 이어지지는 않았다. 인연이 사라진 자리에 남은 것은 과중한 업무와 스트레스, 그리고 공허와…… 그중 무엇에도 탓을 돌릴 수 없고 돌려서도 안 되는 아버지 개인의 문제였다. 할머니는 당신 아들이 홀아비로 늙어 가다 결국 철창 신세를 지게 된 건 모두 다 죽은 년의 저주라며 나를 경멸하는 눈길로 바라보곤 했다.

그러나 저주는 아버지 본인이 불러온 거고, 나는 그때의 선택을 후회하지 않는다.

길 건너편에 마침 마을버스가 도착했다. 버스가 유턴해서 이쪽으로 오기를 기다리며 사람들이 몸을 조금씩 앞으로 내밀었다.

버스가 출발하자 가려져 있던 1층 빵집이 보였다. 빵집 앞에서 푸른 옷을 입고 앞치마를 두른 여자애가 가게 앞을 쓸다가 고개를 들었다. 그런데 그 애가 이쪽 길 건너편을 보더니 미소를 지으며 손을 흔들었다.

누구한테 하는 거지?

나는 고개를 양옆으로 돌려 보았으나 빵집 여자애한테 마주 손을 흔들어 주는 사람은 없었다. 모두 한 가지 목표,

마을버스만을 기다리며 목을 길게 빼고 있었을 뿐이다.

내가 다시 건너편을 바라보았을 때 그 애는 그저 미소를 띠며 제자리에 빗자루를 짚고 서 있었다. 분명 우리의 눈은 마주쳤다. 그런데 내가 아는 애였나? 내가 언제 저 집에서 빵을 산 적이 있던가? 아니, 그럴 리가. 차라리 라면이 낫지 빵은 무슨 빵. 백번 양보해서 어쩌다 한두 번 빵을 샀다고 쳐도, 길 건너편에서 내 얼굴을 알아보고 인사까지 할 만큼은 아닐 텐데.

나는 다시 고개를 돌려 보았다. ……그건 그냥 지나가는 누군가를 향한 거였나 보다.

유턴한 버스가 와서 서는 바람에 길 건너편의 모습은 가려졌다. 나는 버스에 올라 교통 카드를 찍고, 언젠가와 마찬가지로 설명이 불가능한 어떤 느낌 때문에 버스 창가에 딱 붙어 서서 밖을 내다보았다. 그 감정은, 아버지가 고른 사진을 곁눈질로 본 날에는 부정적인 것에 가까웠는데 지금은 조금 다르다. 그때는 자석의 같은 극과 마주친 듯 되도록 멀어지고 싶은 마음이 앞섰는데 지금 것은 강렬한 인력, 그리움에 가까운 무엇.

창밖에는 아직도 그 애가 그대로 있었다. 나는 창문을 열고 밖으로 고개를 내밀었다. 그 애는 나를 향한 미소의 여운을 남기며 몸을 천천히 가게 쪽으로 돌렸다. 너는 누구지? 왜 나를 보고 웃었지? 버스 기사가 소리쳤다.

"거기 학생! 위험하니까 머리 집어넣어."

굉음과 함께 마을버스가 출발했다. 나는 머리를 창 안쪽으로 끌어당겼으나 눈길은 아직 밖을 향한 채로였다. 그 애가 들어간 가게 문이 닫혔다. 쇼윈도 너머까지는 보이지 않았다. 창가 자리에 앉은 여학생이 바람에 휘날리는 머리카락을 수습하며 창문을 닫아 버렸다.

그때 통제할 수 없이 눈물이 한 줄기 흘렀다. 이 눈물의 이유는 뭘까? 어쩌면 나는 오래전 내 옆에 있었던 무언가를 잊어버린 채 살고 있는지 모른다. 나는 무얼 잊어버리거나 놓고 온 걸까. 그 애는 내가 선택하지 않은 어느 평행 우주 속에 살고 있어서 나와 깊은 관계를 맺었던 아이일까. 그 애뿐 아니라, 지금껏 내가 선택하지 않았거나 거부해 온 모든 요소와 사람들이.

버스가 털털거리는 바람에 눈 속에 고여 있던 물기가 허공으로 흩어졌다.

N의 경우

"18번에 물 갖다주고 주문 받아, 꾸물거리지 말고."

"아, 네!"

주임의 명령이 떨어지자 나는 갈색의 둥근 플라스틱 쟁반에 물컵을 세 개 올리고 메뉴판을 챙겼다. 18번 테이블로 걸어가는데 뒤에서 주임이 팔을 붙잡고는 나직하게 말했다.

"말은 되도록 하지 마."

"네."

말을 안 하면 어떻게 주문을 받으라는 거야. 속으로 툴툴거리며 손님들에게로 바삐 걸어갔다.

파스타 전문 레스토랑에 아르바이트 면접을 보러 간 날,

주임은 몇 마디 묻다가 곧바로 그만두었다. 그 대신 일어났다 앉아 봐, 좌로 갔다 우로 갔다 걸어 봐 하더니, 다음에는 인사를 해 보라고 했다. 그러곤 사무직원에게 나머지 면접자들을 돌려보내라고 했다.

"키가 너무 크면 보통 몸집도 키에 따라가기 때문에 손님에게 위압감을 주고, 얼굴은 잘생기면 좋지만 너무 기생오라비 같아도 아웃이야. 비호감만 아니면 되지. 중요한 건 서빙하는 녀석이 계속 식탁 사이를 왔다 갔다 휘젓고 다닐 텐데, 그 모습이 가게의 인테리어와 얼마나 조화를 이루느냐야. 이질적이지는 않나. 손님들의 식사에 방해가 되지는 않는가. 그런 의미에서 최적의 몸을 가지고서 최소한의 몸짓을 경제적으로 운용하는 것은 꼭 필요한 일이야. 다만 문제는 그 어눌한 말투인데…… 그건 뭐 어떻게 되겠지. 어쨌든 비율 괜찮네."

알바 하나 뽑는 데 무슨 조건이 그리 많이 붙을 리도 없고 전체적으로 개소리로 들렸지만, 내 몸이 균형 잡혀 있다는 평가는 뜻밖이었다. 한창 먹어 댈 나이에 몇 년 동안 거의 빵으로 연명했는데 키가 꼭 평균이란 사실 자체가 놀라웠다. 어쩌면 그 빵들 속에는 위저드 베이커리 점장만의 특별하고 수상한 재료가 정말로 들어 있었는지도 모른다. 그 특별함과 수상함이 나도 모르는 새 내 살 속 여기저기에 배어 나를 자라게 했는지도.

한편 주임이 문제 삼은 어눌한 말은 3년여에 걸쳐 조금씩, 아주 조금씩 눈에 띄지 않게 나아져 왔다. 그날 이후로.

그러니까 배 선생이 내게로 몸을 날리고, 나는 언제인지 모를 시간으로 나를 되돌려 줄 그것을 줍다가, 배 선생과 부딪쳐 그것을 도로 떨어뜨리고, 몸싸움을 벌이다가 배 선생의 발밑에서 파삭 하는 파열음이 나고, 어찌어찌 그 손목을 붙잡고 힘주어 눈썹 칼을 떨어뜨리게 하고, 떨어진 칼 대신 주먹으로 나를 몇 대 친 끝에 격렬한 분노로 방전(放電)된 배 선생이 힘이 풀려 주저앉아서 대성통곡을 한, 그날 이후로.

그날 이후 벌어진 모든 일들은 편집되지 않은 필름처럼 거칠게 무작위로 스쳐 갔다. 경찰서, 방송국, 신문사, 회사에서 면직된 아버지, 징역 2년에 집행 유예 3년, 계절이 바뀔 무렵 한 손으로 무희의 손을 잡고 다른 한 손으로는 쌤소나이트 트렁크를 끌고 문밖을 나서는 배 선생의 뒷모습, 텅 빈 집의 세간마다 붙은 빨간 딱지. 변호사 비용과 이혼 위자료 등을 처리하다 집이 통째로 경매에 넘어갔다. 우리는 아파트를 비워 줘야 했고, 재개발의 광풍과는 인연이 없는 지역의 다세대 주택 1층 방을 얻었다.

그 집에서 보내는 마지막 날, 나는 수첩 크기만 한 작은 종이 상자를 열었다.

그 안에는 기름종이와 비닐이 깔려 있었고, 배 선생이 밟아 버린 머랭쿠키 조각이 들어 있었다. 박살이 나서 가루로 흩어진 부분까지 찾아다 끼워 맞추지는 못했다. 부서진 쿠키 속에서 날짜와 시간이 공란으로 비어 있는 종이 초콜릿이 나왔다. 역시 점장은 나에게 기회를 준 거였다. 불의의 사고로 그걸 활용하지는 못했지만.

그 식용 종이는 침이나 물기가 닿기 전까지는 녹지 않기 때문에 나는 그대로 잘 싸서 상자 안에 넣어 두었더랬다. 부서진 쿠키나마 점장의 성의가 담긴 선물이라는 점을 고려하면 까짓것 그냥 먹을 수도 있었지만, 배 선생이 밟았던 걸 도저히 입에 넣을 마음은 나지 않았다. 그 대신 이렇게 조각조각 잘 모아 담아 둔 거였다. 그가 자신의 힘 가운데 가장 쓰기 어렵고 큰 것을 나에게 주었다는 기념으로.

그러나 열어 본 상자 속의 종이 초콜릿은 녹아서 쿠키 조각과 흉물스럽게 엉겨 붙어 있었다. 상자 안쪽을 기름종이뿐만 아니라 비닐로도 싸 놓았고 그 위에 쿠키 조각과 초콜릿을 올려놓은 다음 뚜껑을 닫았더랬다. 그런데 비가 줄곧 내리고 습기 찬 나날들이 계속되자 종이 상자는 물기를 머금어 그 안쪽에 있던 투명한 비닐에도 물기가 맺혀 식용 종이를 녹인 거였다.

떠나보낼 때가 된 모양이다. 이제야말로 그것과 함께 태워 버릴 결심이 섰다.

바로 어제까지 냉동실 안에 모셔 두고 있었던 부두 인형.

분노와 절망이 어느 정도 가라앉고, 남은 힘을 쥐어짜서 아버지에게 콩밥 먹일 준비를 하고 있던 배 선생 앞에 한마디 말도 없이 내민 종이봉투. 그 봉투를 슬쩍 열어 본 배 선생은 이제 이따위는 필요 없다는 듯 경멸에 가득 찬 얼굴을 하고 내게 돌려주었다. 그것을 왜 내가 갖고 왔는지, 나와 위저드베이커리닷컴 사이에 무슨 연결 고리가 있는지는 알고 싶어 하지 않았다.

배 선생 모녀가 떠나간 뒤 나는 나름대로 날 빼닮은 부두 인형이 주는 오싹한 미신적 분위기 때문에 그걸 함부로 쓰레기통에 던져 버리지 못했다. 어떻게 처리해야 할지 몰라 그저 냉동실에 넣어 두고 있었다. 아무리 배 선생이 나를 노리고 산 것이라도, 생김새 자체가 조악했다면 나는 아무 거리낌 없이 내다 버렸을 터다. 그러기에는 그것이 지나치게 나를 닮아 있었고 예술적이기까지 했다.

그렇다고 해서 내일 이사 갈 집에까지 그걸 들고 가고 싶지는 않았다. 어떻게 처리해야 하나 망설였는데 마침 엉망이 된 쿠키가 먼저 눈에 띈 거였다.

그로써 나는 내 곁에 있었거나 내게 걸려 있던 마법이 모두 풀린 듯한 느낌이 들었다. 사실 타임 리와인더가 부서졌을 때부터, 아니 그들이 떠났을 때부터 마법은 모두 사라져 버렸는데도.

상황이 최악의 정점까지 치닫고 나서 이틀 뒤, 위저드 베이커리에 가 보았더랬다. 빠르기도 하지. 가게는 비워져 있었고 유리문은 열린 채로 휑뎅그렁한 내부를 고스란히 드러냈으며, 간판도 떼어져 있었다. 쇼윈도에는 견고딕체로 '내부 수리 중'이라고 쓰인 A4 용지가 붙어 있었다. 두 명의 일꾼이 가게 안팎을 드나들며 벽과 바닥을 때려 부수고 있었다.

결국 내게 남은 것은 그들에 대한 기억과, 그가 준 물건 두 가지. 이제는 아무 데도 쓸 수 없는 그저 머랭쿠키 조각밖에 안 되는 것과, 나를 닮은 부두 인형.

그런데 냉동실 안에 너무 오랫동안 모셔 둔 부두 인형은 몸체의 결에 금이 가 있었고, 이사를 위해 냉장고를 비우고 플러그를 뽑아 두었더니 빠른 시간 안에 해동되면서 칼집을 따라 크게 틈이 벌어졌다. 갈라진 틈 사이에 눈을 가까이 가져가 들여다보았다. 무언가 이상하다. 처음부터 속을 꽉 채운 부두 인형치고 좀 가볍다 싶었다. 나는 어떤 충동에 사로잡혀 나와 같은 얼굴을 한 부두 인형의 가슴에 기습적으로 문구 칼을 꽂았다. 팍삭 소리와 함께 마지팬이 제대로 부서졌다.

그 안을 멍하니 내려다보는데 문득 눈앞이 흐려졌다.

그날 나는 욕실에서 종이 뭉치에 불을 붙였다. 그 위에 엉겨 붙은 쿠키를 부스러기까지 탈탈 털어 놓은 다음, 마지막으로 처음부터 아무것도 들어 있지 않았던 부두 인형을 떨어뜨렸다. 젤리도, 초콜릿도, 내 몸속 어느 부분의 상징물도 처음부터 들어 있지 않았던 껍데기를.

아버지 일과 관련해서 나를 비롯한 모든 가족 관계는 A 씨, B 군 등으로 표기되었지만, 온 학교가 문제의 B 군이 나라는 걸 알고 있었다. 소문은 이리저리 뒤틀리고 분절되다가 재구성되어, 어느새 나는 A 씨와 함께 M 양을 범한 추악한 공모자가 되어 있었다. 내 몸은 숱한 비방과 모욕을 담아 키우는 그릇이 되었고, 그것들이 숙주처럼 심긴 자리는 흉터로 뒤덮였다.

학교에서는 경찰 조사 결과상 내게 아무 문제가 없다는 사실을 인정했으나, 한번 얘기가 나온 학생을 관리하는 것만큼 귀찮은 일도 없어서 그런지 조심스럽게 전학을 권유했다. 어차피 집을 비워 주고 이사를 가야 했던 나는 깔끔하고도 명쾌하게 제안을 받아들였다.

전학을 간 뒤로 나는 그동안 묶여 있던 주술에서 풀려나는 듯이 말이 나오기 시작했다. 조금씩, 아주 조금씩 티가 나지 않을 정도였지만, 음절이 어절이 되고 어절이 구를 이루는 것을 한 해 한 해 깨달을 수 있었다.

그리고 3년.

그때 되감을 수 없었던 시간은 품에서 놓친 실꾸리처럼 그대로 말없이 풀어져 나갔다.

지금껏 잘 견뎌 왔다. 앞으로도 견딜 수 있을 것이다. 타임 리와인더를 쓰지 못하게 한 불의의 사고가, 지금의 나를 만들었다는 걸 안다. 누군가가 씹다 뱉어 버린 껌 같은 삶이라도 나는 그걸 견디어 그 속에 얼마 남지 않은 단물까지 집요하게 뽑을 것이다.

주문받은 파스타를 내갔는데 세 여자 중 하나가 내게 명함을 내밀었다. 나머지 두 여자는 키득거리며 서로의 눈치를 살피고 있었다. 내가 영문을 알 수 없어서 그들을 둘러보기만 하는데, 명함 내민 여자가 핀잔주듯이 톡 쏘았다.

"안 받고 뭐 해요?"

"저, 이게, 뭡니까?"

"명함이지 뭐예요."

"그런데 왜, 주십니까?"

"자기 대학생이야?"

여자는 갑자기 말을 놓았다. 손님들이 계산서나 서비스나 음식에 들어간 양념 문제로 컴플레인을 걸 때 반말로 시작하곤 했으므로 그다지 놀랍지 않았다.

"아닌데요."

"어머, 그럼 고딩?"

"졸업, 했습니다."

"(일행을 둘러보며) 그럼 범죄는 아니네. 그렇지? 자기 연락처 좀 줄래?"

나는 영문을 알 수 없었다.

"제 연락처, 무슨 일로."

"은근 답답한 애네. 명함을 주는 이유는 내가 사기꾼이 아니라 이런 회사에 다니는 멀쩡한 사람이라는 걸 명확히 해 두려는 거야."

예를 들어 결혼한 삼사십 대들이 가끔 집 밖에 젊은 애인을 두고 지낸다든지 같은 얘기는 오며 가며 손님들 간의 비밀스러운 잡담을 듣는 동안 의외로 드문 일은 아니라는 걸 알긴 했지만, 이런 일을 눈앞에서 보게 될 줄은 몰랐다. 나는 영업용 미소를 짓고 고개를 숙였다.

"죄송합니다. 손님과 사적으로, 밖에서 만나는 건, 안 됩니다."

"아, 재미없는 놈. 관둬."

여자는 내가 물리친 명함을 다시 지갑에 넣기는 민망했는지 그 자리에서 반으로 찢어 버리고 재떨이에 버렸다. 나는 재떨이를 비우기 위해 쟁반에 올리고 그녀들을 향해 고개를 숙였다.

"즐거운 시간, 되십시오."

고개를 돌리고 카운터로 돌아가려는데 여자가 다시 등 뒤에서 불렀다.

"야, 너."

"네."

여자가 나를 향해 비닐봉지에 싼 작은 뭉치를 던졌다. 한 팔에 쟁반을 받치고 있던 나는 날아오는 것을 나머지 한 손으로 얼결에 잡았다.

"그래도 일단 예쁘니까 그거 줄게."

"아, 네. 감사합니다."

뭔지도 모르고 무심결에 받아 앞치마 주머니에 쑤셔 넣었다. 내용물을 확인한 것은 그로부터 한 시간 뒤 다용도실에서였다. 점심시간이 끝나 가서 손님이 뜸해질 즈음이었다.

미니 카스텔라? 빵은 이제 질색인데 하필이면.

크기나 모양새로 보자면 판촉용으로 나눠 주는 제품인 것 같았다. 자기들 먹기는 싫고 버리긴 아까워서 장난삼아 던져 준 거다 싶었다. 나도 딱히 생각 없거든, 하는 마음으로 무심코 비닐 포장지를 뒤집어 뒷면을 보았다.

거기에, 꿈속에서도 잊어 본 적 없던 영문 흘림체로 적혀 있는 *Wizard Bakery*.

물살을 흔드는 연어의 아가미처럼 심장이 두근거렸다.

처음에는 같은 이름의 가게는 얼마든지 생길 수 있다고 생각하며 물결치는 심장을 진정시켰다. 봉지 속의 것을 조금 떼어 입에 넣어 보았다. 입 속에 퍼지는 맛으로 확신했다. 나는 한때 매일같이 그곳의 빵을 먹었고, 종류 불문 그가 만들어 낸 맛과 같다는 것을 알았다.

게다가 더욱 중요한 건 내가 그곳에 있는 동안 어눌한 말로 한번 묘사했을 뿐인, 그 어느 날 청량리역에서 달게 먹었던 대보름빵의 맛까지 느껴졌다는 점이다. 그토록 찾아 헤맸으나 결국 찾지 못했던 지극히 개인적인 맛이. 환희에 가까운 고통을 혀끝에 안겨 주었던 그 맛이.

이런 게 마법이 아니라면 대체 무엇이?

다용도실에서 뛰어나오다가 싱크대에 허벅지를 부딪치고, 그릇 몇 개를 우당탕 소리가 나게 엎었으며, 옷걸이를 쓰러뜨리는 바람에 다른 직원들의 옷을 모두 떨어뜨렸다. 다리 전체에 퍼져 나가는 격통을 손바닥으로 대충 문질러 수습하면서 나왔다. 두리번거리며 18번 테이블의 손님들을 찾았다. 그들은 식사를 다 마치고 계산까지 끝낸 뒤 막 나가려던 참이었다.

"잠깐만요!"

"어? 왜? 맘이 바뀌었어?"

여자들이 나를 돌아보았다.

"저, 손님……. 죄송하지만, 저한테 주신 빵, 그거 어디서, 사셨어요?"

"어?"

나는 손님들의 면목을 생각하여 일부러 사셨냐고 물었는데 그들은 살짝 당황스러워했다.

"미안한데 산 거 아냐. 전철역 앞에 새로 생긴 빵집에서 나눠 주던데."

"감사합니다. 안녕히, 가십시오!"

허리를 구십 도 각도로 굽혀 인사하는 내 머리 위로, 그들이 나가면서 흘리는 비웃음 소리가 들려왔다. 뭐 저런 애가 다 있어, 어디 좀 모자란 앤가 봐—. 주임이 다가와 메뉴판으로 내 머리를 쳤다.

"내가 웬만하면 입은 다물고 있으랬지? 뭐야 대체?"

"저, 주임님. 죄송한데요."

나는 앞치마를 벗어 카운터 뒤쪽 의자에 걸쳐 놓았다.

"저, 오늘만, 조퇴할게요."

"뭐야? 야! 어디 아파?"

크로스백을 아무렇게나 어깨에 걸치고 문을 나서는데 주임이 소리쳤다.

"야!"

나는 주임을 돌아보았다. 주임은 나를 한 번 보고 가게 한 번 둘러보고(머릿속으로 또 그놈의, 인간과 가게 인테리어의 비율과 조화를 따지고 있는 모양.) 그러더니 한숨을 쉬고 말했다.

"무슨 일인지는 모르겠는데 딱 한 시간만 있다가 돌아와. 한 시간 내로 안 오면 모가지야."

"네!"

계단을 뛰어 내려간다. 그리고 달린다. 전방 600미터 앞에 있는 전철역을 향해 달린다. 세월이 흘러도 나이를 먹지 않는 그들이, 지금의 나를 보면 뭐라고 할지를 생각한다.

머릿속에서 이성의 목소리가 내게 말을 건넨다. 추억은 그대로 상자 속에 박제된 채 남겨 두는 편이 좋아. 그 상자는 곰팡이나 먼지와 함께, 습기를 가득 머금고서 뚜껑도 열지 않은 채 언젠가는 버려져야만 하지. 환상은 환상으로 끝났을 때 가치 있는 법이야. 한때의 상처를 의탁했던 장소를 굳이 되짚어가는 건 앞으로 나아가는 데에 도움이 되지 않아. 아직도 어린 시절의 마법 따위를 믿는 녀석은 어른이 될 수 없다고.

그러나 나는 그 목소리를 무시하고 더욱 빨리 달린다. 추억이라니. 환상이라니. 그 모든 것은 내게 있어서는 줄곧 현재였으며 현실이었다. 마법이라는 것 또한 언제나 선택의 문제였을 뿐 꿈속의 망중한이 아니었다.

위저드 베이커리의 간판이 멀리서부터 보였다. 이렇게 달리니 꼭 언젠가 그날 같아서 웃음이 난다. 그러나 그때는 나를 붙드는 현실에서 격렬히 도망치다가 그곳에 다다랐을 뿐이다.

지금은 나의 과거와, 현재와, 어쩌면 올 수도 있는 미래를 향해 달린다.

초판 작가의 말

—요청 사항? 그렇게 많지 않아요. 저는 과자를 좋아하지도 않을뿐더러, 맛을 잘 느낄 줄 모르는 불행한 미각을 갖고 있거든요. 그저 많이 달거나 느끼하지만 않으면 돼요. 아 참, 건포도를 포함해서 모든 건과는 좋아하지 않아요. 무더운 여름날 팥빙수도 먹지 않을 정도니까 팥앙금은 없었으면 좋겠어요. 초콜릿은 괜찮아요. 밀크초콜릿 말고요. 카카오의 함유량은 56퍼센트가 가장 좋아요. 땅콩 가루도 아몬드도 필요 없어요. 견과류는, 글쎄요, 영혼에 기름이 낄 것 같아서.

이런 성분을 넣어 줄 수 있나요. 먹고 나면 아픔을 잊게 되는 것. 오래전에 지나가고 충분히 이겨 냈다고 믿고 있음에도, 문득문득 현실로 불쑥 살아오는 것들 모두. 그건 약물과 같이 일시적으로 신경 회로를 차단하는 것이어서는 안 돼요. 그런 감각의 마비는 언젠가 풀리고 마니까요. 지속적이었으면, 가능하면 영원까지.

……고통의 정체가 너무 추상적이고 상대적이라 힘들단 말이죠. 그럼 할 수 없네요. 구체적으로 하나하나 꼽아 가며 지워 달라고 하기에는, 오늘 밤이 너무 짧거든요.

그러면 이건 어떤가요. 오늘 먹고 잠들면 내일 아침 세상이 뒤집어져 있었으면 좋겠어요. 그것도 안 되는군요. 최소한 나를 둘러싼 삶의 비루한 조건들이 조금씩은 달라졌으면 해요. 그런데 무엇보다 가장 바라는 건 찬란한 문장을 얻는 거예요. 그걸 얻으면 나는 다른 모든 걸 견딜 수 있어요. 그러면 끝없는 부딪침의 결과로 닳아지고 얇아진 삶에, 두꺼운 코발트색으로 붓질을 한 번 더할 수 있을 거예요. 당신의 과자에 그런 마법을 걸어 줄 수 있나요.

목적어의 자리에 무엇을 놓든 간에 내가 바라는 건, 지금이 아닌 어떤 것이에요.

가공(加工)할 재료의 목록을 적어 내려가던 그는 레시피를 덮고 볼펜을 내려놓았다.

— 힘들겠어, 당신한테는.

나는 어째서냐고 묻지 않았다. 그의 대답을 이미 알고 있었다.

—도대체가, 지금을 부정하는 인간이 이런 걸로 조금 도움을 얻어 보았자 무얼 어떻게 바꿀 수 있다는 거지? 기억해 둬, 지금이 아니면 영원히 아니야.

그저 선택에 관한 이야기다. 틀릴 확률이 어쩌면 더 많은, 때로는 어이없는 주사위 놀음에 지배받기도 하는. 그래도 그 결과는 온전히 자신의 몫이다.

상처가 나면 난 대로, 돌아갈 곳이 없으면 없는 대로. 사이가 틀어지면 틀어진 대로. 그렇게 흘러가는 삶을, 단지 견디며 살아가는 사람이 실은 더 많을 터다. 그렇다 보니 귀향이나 회복, 치유와 화해를 넘어 미래에의 전망에 이르는 성장의 문법을 무의식적으로 배제했다. 심사위원 선생님들과 편집부의 도움이 없었더라면 빛을 보지 못했을 소설이다.

짧지 않은 세월, 나를 견뎌 준—앞으로도 견뎌 줄 분들께 인사드릴 면목이 생겨 다행이다.

2009년 3월

구병모

개정판 작가의 말

『위저드 베이커리』가 문을 연 지 14년이 됐습니다. 그동안 저는 열쇠를 꽂아 비트는 대신 오토도어록 터치패드를 눌러 현관문을 여는 삶을 살게 됐고, 폴더폰은 스마트폰으로 바뀌었습니다. 끓는점이 낮은 30대를 지나 안정감을 추구하는 중년으로 접어들었습니다. 15년 전 원고를 쓸 때만 해도 마법의 물건이라고 해서 생각할 수 있는 최대한으로 비싸게 책정했던 과자의 가격들은 지금 보통이라고 느껴질 정도로 물가가 올랐습니다.

이 소설은 구시대의 폭력이 가부장제를 요체로 삼는 정상 가족 신화에 비정상적으로 집착하는 것이 당연하게 받아들여졌던 시절을 배경으로 하고 있습니다. 지금 처음으로 이 소설을 읽게 되는 분들 가운데는, 그 무렵에 출생하지 않았던 분들도 계실 것입니다. 그러한 고정 관념이 부당하다는 인식이 널리 보편화된 것은 비교적 최근의 일이며, 아직도 구습의 자장에서 벗어나지 못하는 인구가 많을 것입니다. 통계가 알려 주어서가 아니라, 현재의 세상 모습을 보면 누구라도 그 정도는 짐작할 수 있을 것입니다.

발표 당시에는 출판사로서 위험 부담이 작지 않은 모험이었을 거라고 생각합니다. 어찌 됐든 청소년문학이라고 하면 좋은 것이나 결 고운 것을 엄선하여 보여 줌으로써 청소년을 올바른 길로 계도하는 거라는 인식이 있던 시절이었고, 날 선 날것은 은폐하여 세상에 마치 그런 일은 없는 것처럼 눈을 가리는 일이 청소년을 위한 길이라고 믿는 다수 어른들의 비난에 부딪쳤습니다. 또 한 발짝 정도 세상이 달라진 이제는, 소설에 나타나는 여러 혐오와 분노 유발 요소를 도저히 용납할 수 없다는 새로운 젊은 세대의 반발과 마주하고 있습니다.

어떤 소설은 생물과 같아, 독자가 지향하는 바에 따라 변화합니다. 한편으로 어떤 소설은 화석과 같아, 고생대의 잔혹한 기후와 척박한 환경을 증명하기도 합니다. 하여 오래도록 꾸준히 사랑해 주신 분들께 감사드리는 마음으로, 화석과 생물의 중간노선을 타는 개정판 작업을 하게 되었습니다.

이 자리를 빌려, 책을 펴내고 지켜 주신 출판사 분들께 송구한 마음으로 인사드립니다. 무엇보다도 오랫동안 문을 열어 놓을 수 있었던 힘은, 적지 않은 의구심과 부족함 속에서도 독자님들이 그침 없이 보내 주신 성원에 있습니다.

2022년 3월

구병모

소설Y
위저드 베이커리

초판 1쇄 발행 • 2009년 3월 27일
개정판 1쇄 발행 • 2022년 3월 27일
개정판 9쇄 발행 • 2024년 8월 8일

지은이 • 구병모
펴낸이 • 염종선
책임편집 • 김준성 정소영
조판 • 박지현
펴낸곳 • (주)창비
등록 • 1986년 8월 5일 제85호
주소 • 10881 경기도 파주시 회동길 184
전화 • 031-955-3333
팩스 • 영업 031-955-3399 편집 031-955-3400
홈페이지 • www.changbi.com
전자우편 • ya@changbi.com

ISBN 978-89-364-3461-8 03810

* 책값은 뒤표지에 표시되어 있습니다.